上海佘山国家旅游度假区松江管理委员会 编

主　　编：平益斌　　石明虹

编　　委：何　锋　　娄建源　　周　燕　　仓醒宇

　　　　　尹　军　　王　华　　马文辉　　常　勇

封面题字：刘兆麟

文汇出版社

图书在版编目（CIP）数据

霞踪客影四百年 / 上海佘山国家旅游度假区松江管理委员会编；平益斌，石明虹主编. — 上海：文汇出版社，2024.5

ISBN 978-7-5496-4238-0

Ⅰ. ①霞… Ⅱ. ①上… ②平… ③石… Ⅲ. ①中国文学－当代文学－作品综合集 Ⅳ. ①I217.1

中国国家版本馆CIP数据核字（2024）第062967号

霞踪客影四百年

编　　者 / 上海佘山国家旅游度假区松江管理委员会

主　　编 / 平益斌　石明虹

责任编辑 / 张　涛

封面装帧 / 昊　冉

出 版 人 / 周伯军

出版发行 / **文匯**出版社
　　　　　　上海市威海路755号（邮政编码：200041）

经　　销 / 全国新华书店

印刷装订 / 上海龙兴印刷有限公司

版　　次 / 2024年5月第1版

印　　次 / 2024年5月第1次印刷

开　　本 / 890×1240　1/32

字　　数 / 185千字

印　　张 / 17.25

ISBN 978-7-5496-4238-0

定　　价 / 88.00元

目 录

佘山：霞踪客影四百年（代序） · 1

上编：霞客名出四百年

一、 研究考证

徐霞客与陈继儒的忘年交及书信浅评 · · · · · · · · · · · · · · · · · 17

徐霞客与陈继儒的交往 · 30

徐霞客与上海名士 · 34

明晴山堂石刻与华亭八名士诗文墨迹 · · · · · · · · · · · · · · · 42

徐霞客"西南万里行"起始点和起始段初探 · · · · · · · · · · · 61

"徐霞客精神"的分析与当代意义 · · · · · · · · · · · · · · · · · · · 67

从徐霞客与陈继儒交往管窥晚明江南士人生态 · · · · · · · · · 83

从徐霞客《致陈继儒书》看其是否到过四川 · · · · · · · · · · · 90

佘山秀道者塔实为聪道人塔，从明朝讹传至今已400多年 · · · · · · · 94

二、 追忆散记

佘山情牵霞客行 · 105

松江佘山纪念徐霞客小记 · 124

"霞客"名号缘起佘山四百年记 · 128

六瞻徐霞客故里 · 131

三、 随笔偶感

旅行佘山记 · 137

重走"徐霞客上海古水道" · · · · · · · · · · · · · · · · · 138

霞客足迹——石梁飞瀑 · · · · · · · · · · · · · · · · · · 142

松江的"徐霞客"——倪蜕 · · · · · · · · · · · · · · · 145

行走泖河边 · 148

《明朝那些事儿》为何用"徐霞客"作结尾 · · · · · · · · · · · · · · · 151

中编：纸上卧游话佘山

一、诗赋佘山

德聪 · 157

葛胜仲 · 157

朱伯虎 · 158

凌岩 · 159

许尚 · 159

陶宗仪 · 160

王逢 · 161

张宪 · 162

钱惟善 · 163

董纪 · 163

陆深 · 164

徐阶 · 165

陆树声 · 165

董宜阳 · 166

莫是龙 · 167

董其昌 · 168

陈继儒 · 175

施绍莘 · 176

陈子龙 · 181

夏树芳 · 182

其杰 · 182

吴伟业 · 183

宋琬 · 184

高不骞 · 185

董黄 · 185

顾大申 · 186

董俞 · 187

杜登春 · 187

王鸿绪 · 188

王昶 · 188

翁春 ···································· 189

沈季友 ································ 190

王芑孙 ································ 190

改琦 ···································· 191

陆我嵩 ································ 192

王庆勋 ································ 192

丁宜福 ································ 193

陈赫 ···································· 193

唐天泰 ································ 194

王钟秀 ································ 194

王士瀛 ································ 195

张彙 ···································· 196

黄令荀 ································ 196

李东 ···································· 197

曹鉴咸 ································ 198

赵锡珍 ································ 198

张汝渊 ································ 199

叶本 ···································· 199

陈廷镛 ································ 199

李伦 ···································· 200

范超 · 201

黄朱蒂 · 202

莫之璘 · 202

吕樾 · 203

二、书影留印

陈继儒《佘山诗话》书影 · 207

上海圣心报馆编《佘山圣母记》书影 · · · · · · · · · · · · · · · 207

于小莲编绘《佘山指南》书影 · · · · · · · · · · · · · · · · · 208

张叔通、张琢成编著《佘山小志》书影 · · · · · · · · · · · · · 208

张天松编著《佘山导游》书影 · · · · · · · · · · · · · · · · · 209

江庸《佘山三日记》书影 · · · · · · · · · · · · · · · · · · · 209

九峰三泖图 · 210

兰笋山图 · 210

兰笋山图 · 211

兰笋山图 · 211

大陆之景物——松江佘山 · 212

佘山地图 · 212

《东方杂志》书影 · 213

佘山旅游图 · 213

张叔通、张琢成编著《佘山小志》书影 · · · · · · · · · · · · · 214

佘山 ·································· 214

徐霞客浙游路线图 ····················· 215

霞客先生遗像 ························· 215

霞客先生遗像像赞、跋文 ················ 216

霞客先生遗像 ························· 216

下编：翰墨光影写流年

一、书画存影

董其昌　佘山游境图轴 ················· 221

董其昌　东佘山居图手卷 ················ 222

陈继儒　雪梅图扇页 ··················· 223

陈继儒　行书"东佘结夏僧"五言诗扇面 ······· 223

陈继儒　东佘山居图印章 ················ 224

佚名　佘山天文台手绘佘山风光图 ·········· 225

钱镜塘　松江佘山图 ··················· 225

沈迈士　佘山天文台 ··················· 226

二、碑帖集珍

《晴山堂法帖》松江选集 ················ 229

董其昌　行书《赠眉公东佘山居诗三十首》 ······ 251

三、摄影留痕

1858年的佘山 ·· 255

1873年的佘山 ·· 255

1890年代的佘山 ······································ 256

20世纪初的佘山 ······································ 256

佘山度假区 ·· 257

佘山度假区 ·· 257

佘山度假区 ·· 258

佘山 ··· 259

佘山日出 ·· 259

沪上之巅 ·· 260

佘山徐霞客像 ·· 260

民国时期的眉公钓鱼矶 ······························· 261

清末民初的秀道者塔 ································· 261

秀道者塔 ·· 262

早期佘山天文台 ······································ 262

佘山天文台主楼建造 ································· 263

佘山天文台圆顶安装 ································· 263

参考书目 ·· 264

后记 ··· 265

佘山：霞踪客影四百年（代序）

常　勇

一座山能够照见一座城。

一个人能够见证一座山。

400年前，徐弘祖与佘山的一次匆匆邂逅，不仅让他拥有了"霞客"这个为后世景仰的名号，也让霞踪客影成为这座山的永恒记忆，让云间大地与这座山有关的那些人、那些事成为九峰三泖可以永远诉说的精彩故事。

时光能够记住一切，也能抹平一切。明天启四年（1624）五月，当徐霞客第一次见到陈继儒并心满意足地带着眉公为其母撰写的寿文离开佘山时，他们二人可能都不会意识到，400年后，他们身后的这片土地会拔地而起，变成一座科创、人文、生态的现代化城市。既然如此，那我们就循着这三个他们可能不会想到的关键词，说说这座山和他们知道或不知道的那些故事吧。

一

从16世纪中叶到17世纪的100余年，是中国科学技术史上群星璀璨、值得大书特书的黄金时代，也是西方科技广泛传入中国前，中国传统科学技术沿着自身道路绽放出的最耀眼的一抹霞光。这时的中华大地，特别是物产丰饶的江南地区由于商品经济的持续发展和新兴资本主义生产的萌芽，纺织、冶炼、医药、水利、航海、园林建筑、农业生产、手工

1

技艺乃至天文、地理、堪舆等与科技有关的一切事物和理论知识与当时的时代一样，正发生着显著变化。此时，李时珍的《本草纲目》、徐光启的《农政全书》、宋应星的《天工开物》、方以智的《物理小识》、徐霞客的《徐霞客游记》，这些对后世影响深远的光辉著作，竞相迭出，以前所未有的视野和深度，异彩纷呈地涌现在世人眼前，成为一个时代最为夺目的写照。其中：曾经五到佘山，并由此迈出"万里遐征"第一步的徐霞客，用一部60多万字的《徐霞客游记》为佘山标定了与科技密切相关的历史高度和重要一步。而且，这高度至今还在不断攀升，这一步一行就是400年。

《徐霞客游记》更多被读者视作一部卷帙浩繁的文学游记，是"古今游记之最"，"世间真文字、大文字、奇文字"，但其实它也是一部科学严谨、名副其实的科学论著。明崇祯九年（1636），51岁的徐霞客在晨光中告别了依依相送的陈继儒，张帆摆橹，迎风作揖，踏上了他一生中最后一次，也是时间最长（长达四年）、行程最远（跋涉10万里）的西南"万里遐征"。也就是这次从佘山出发的旅行，让他用《徐霞客游记》中最华彩的文字，在他的人生暮年，创造了科学史上的一个奇迹——完成了对我国南方喀斯特地貌和六大江河的考察，攀上了地理科学的高峰。

陈继儒送别徐霞客的那一刻，尽管他和徐霞客都是那个时代离经叛道又得风气之先的文化巨人，但他们几乎不可能想到，这次出行将为后世贡献出世界上第一部广泛系统地探索和记载岩溶地貌的地理学巨著。是的，这绝对是一部巨著！否则，英国科学家李约瑟也不会惊呼："《徐霞客游记》读来并不像是17世纪的学者所写的东西，倒像是一位21世纪的野外勘察家所写的考察记录。"但回首徐霞客的奇行踪迹，好像我们又不难想象，这份用脚步反复丈量出来的翔实记录，又一定会是一部前无古人，甚至是后无来者的皇皇巨著。

今天，我们的脚步已经跟不上思想。好在，徐霞客那些从人烟罕至处得来又饱受烟霞供养的文字，却用一个个铁的事实，严肃而又客观地告诉我们"心有多大，世界就有多大"。胡适曾说："徐霞客在300年前，为探奇而远游，为求知而远游，其精神确是中国近代史上最难得、最可佩的。"基于探奇、求知的初心，《徐霞客游记》写下了徐霞客丰富的野外考察生活内容，从山川源流、地形地貌的考察，到岩石洞壑、瀑布温泉的探险奇观；从动物、植物生态品种的比较，到矿产、手工业、居民点、物价的记录；乃至对风俗民情、边陲民族的观察，几乎无一不载，涉及广泛，记录详备。让我们再把目光聚焦，书中关于洞穴学的内容同样丰富多彩，举凡溶洞的部位、结构、景象及其对于水流的关系等，都有重要的论述。而且，更难能可贵的是这些记述与400年后现代科研部门的实地勘测数据十分接近，这就不能不让人啧啧称奇。横向对比来看，徐霞客的研究比德国地理学家瑙曼在1858年开始对岩溶地貌进行系统的研究分类，整整早了200多年。其他如《江源考》纠偏《禹贡》，提出金沙江是长江的上源的划时代创见；实地考察确认史志关于潇水、湘江、漓江、怒江、澜沧江等记录的众多讹误……这些就更遑论多让了。总之，在我国浩繁的地理学著述中，《徐霞客游记》以前的作品大都侧重疆域、沿革、山川、物产的记述，而徐霞客却通过对地貌的系统考察，科学地对岩石、水文、植物、气候等做了多方面、全方位的观察记述，开拓了实地考察自然、系统描述自然的新视野。

徐霞客新视野的开拓从何而来呢？我想除了他的家世、秉性和个人追求这些老生常谈的因素以外，恐怕与他一直敬重的前辈、好友陈继儒也有莫大的关系。

隐居佘山的陈继儒与徐霞客一样，同样是那个时代充满特异气质的先锋人物。他与董其昌齐名，但追求上又有所不同。在29岁"取儒衣冠焚弃之，隐居昆山之阳"后，他一方面绝意仕进，在九峰三泖间避世隐居，另一方面却又在晚明只事空谈、不务实学的程朱理学氛围中，奉行先进的重现实、明是非、经世致用的主张，关心现实，醉心出版、园林，成为达官显贵争相结交的"山中宰相"。而且，这位"山中宰相"，从农事到园林、从养生到品茶，这些与生活"科技"有关的内容，他几乎无所不涉，无一不精。

与同样热爱自然的田园诗人陶渊明一样，陈继儒不仅在佘山"采菊东篱下，悠然见南山"，而且，躬耕农事的他还撰有《种菊法》一卷，从养胎、传种、扶植、修葺、培护、幻弄、土宜、浇灌、除害、辨别十目详加论述。佘山产茶，陈继儒也爱茶、崇茶。他在研究和搜录前人茶事资料基础上，对明代夏树芳的《茶董》进行补录，并于万历四十年（1612）前后写成《茶董补》两卷。该书上卷补录嗜尚、产植、制造、焙瀹等条文，下卷补录前人诗文37篇，谓茶能清头目、助诗文，并撰无题诗云"点来直是窥三昧，醒后翻能赋百篇"。养生方面，他著《养生肤语》等书，主张养生之要为慎饮食，不但注重品味之厚薄，还强调进食应以淡为主，认为咸味太过伤肾折寿，而淡食可延年益寿。

陈继儒距离科技最近的应当是"园林"，晚年隐居佘山时，不仅亲自设计、参与构筑亭台楼榭，为佘山留下了史志上众多的园林景致和由此而来的凭吊诗文，同时，他还把自己的修建心得总结为《岩栖幽事》《太平清话》等与造园艺术、环境艺术有关的著作。在《岩栖幽事》一文中，他提出了"十七令"的卓见："香令人幽，酒令人远，石令人隽，琴令人寂，茶令人爽，竹令人冷，月令人孤，棋令人闲，杖令人轻，水令人空，雪令人旷，剑令人悲，蒲团令人枯，美人令人怜，僧令人淡，花令人韵，金石彝鼎令人古。"所以，与他同时代的陶汝鼎才在《佘山登眺眉公隐处》中感叹说："佘山以眉公而开其亭台，竹木大似云林小景，往往花间逢石，则米南宫袖中物也。"可以想象，五到佘山，并多次与陈继儒面晤交谈、书信往还的徐霞客，基于同样的兴趣爱好，一定没少在顽仙庐中、含誉堂里、水边林下与陈继儒把臂聚谈。也许他们会赏菊，也许他们会品茗，也许他们会谈修仙养生，也许他们仅仅是静默相对，看着那些精巧的园林、山石、草木，但传承也许就在这样的交流中自然而然地发生了。

其实，佘山早在陈徐二人送别的数千年前就已经孕育了科技的种子。作为上海最早成陆的地区，佘山所在的松江早在6000年前就已经有先民聚居生活。他们用文明之火和智慧之光，创造了崧泽文化、良渚文化、广富林文化、马桥文化等众多类型的古文化。近年来，汤村庙、广富林等地下墓葬、遗址中接连出土的鼎、罐、盆、釜、网坠、纺轮等陶器，犁、刀、锥、矛等石器，以及众多与水稻、家畜有关的遗迹和文物，无不证明着松江先民在农业、畜牧业及手工业生产劳动中的智慧与成就。沧海桑田，千年而下，科技的种子在这片沃土上又在不同的领域开放出一朵朵艳丽奇葩。黄道婆觅木棉，制踏车，松江遂能"衣被天下"；黄歇、叶清臣、夏元吉、任仁发凿江通海，松江水利才能如此发达；徐光启毕生研究农业科学，"杂采众家，兼出独见"，"躬执耒耜之器，亲尝草本之味，随时采集，兼之访问"，撰成《农政全书》。就在佘山，宋聪禅师采药炼丹，又降服大青、小青二虎，世俗地看又何尝不是精通"化学"和"生物学"呢？！

佘山再次与科技和创新亲密接触是徐霞客从此出发的264年后。1900年，佘山山顶教堂东侧，一座现代天文台拔地而起，当时亚洲最大的折射望远镜——40厘米口径双筒折射望远镜——也开始矗立山巅，对准星空，开展星团、星云、双星、新星和太阳等观测研究工作。在此后的100多年时间里，这里不仅是中国近代第一个专业从事天文科学研究的天文台，也成为中国近代天文学史的发源地。又过了116年——2016年5月，松江区依托上海科创中心建设，提出"G60科创走廊"概念，沿G60高速公路布局科创企业及先进制造业，后经数次扩容，目前已涵盖沪苏浙皖等地九个城（区），不仅被纳入《长江三角洲区域一体化发展规划纲要》，还被写入"十四五"规划和2035年远景目标纲要。在长三角G60科创走廊的牵引下，科创要素在松江不断集聚，集成电路、人工智能、生物医药三大先导产业，在数字经济新赛道上也正昂首阔步，走向未来。

二

说完了科技，再说说人文。

陈继儒《九峰社草序》一文曾记载过一次非常有趣的对话。面对刚刚从黄山归来，对黄山美景赞不绝口的朋友，陈继儒平静而又自信地说："九峰不足以当黄山，请以文敌之。"陈继儒的这份文化自信，绝非空中楼阁、镜花水月，而是源自对家乡文化底气十足的骄傲和自豪。

"山不在高，有仙则名。"在九峰三泖，山骨水肤的松江大地，佘山以优美的自然风光和深厚的文化底蕴，吸引着一代又一代骚人墨客驻足其间，流连忘返。其中，在笔者看来，有三位或名垂青史，或隐而不彰的文化大家——陈继儒、徐霞客、施绍莘，绝能不提。但因本书对陈继儒和徐霞客，已有诸多介绍，且二人都是声名显赫的名人巨匠，所以这里就不再赘述了。让我们用有限的笔墨来说一说与陈徐二人都有交集且同样隐居于佘山，却一直声名不显的散曲大家施绍莘吧。

施绍莘是明代词人、散曲家，字子野，号峰泖浪仙。施绍莘少负俊才，怀有大志，但科名失意，屡试不第，于是他和陈继儒、徐霞客一样选择了弃绝功名，转而放浪声色，做了一名科举时代的"冷人"（沈士麟《花影集序》）。万历四十四年（1616），施绍莘开始营造别墅于西佘山之北。三年后，又建别墅于南泖之西。在两处山水绝佳的所在，他筑有三影斋、众香亭、秋水座、罨黛楼、聊复轩、竹间水上、西清茗寮、春雨堂、泖上新居等各具风格的建筑物。每当春秋风和日丽，他便与名人隐士携琴书，漫游于九峰、三泖、西湖、太湖间。

徐霞客来佘山时，曾三到施绍莘的别墅。第一次是崇祯元年（1628）中秋。当时，月华高悬，陈继儒偕同徐霞客来到施绍莘别墅，所见："子野绣圃征歌甫就，眉公同余过访，极其妖艳。"然而，两年多之后的崇祯三年（1630），当徐霞客再次来到佘山的时候，这里却已然是另外一番景象——"不三年，余同长卿过，复寻其胜，则人亡琴在，已有易主之感"。当他于崇祯九年（1636）第三次过访施绍莘别墅的时候，更是物是人非，以至于他在《徐霞客游记》中发出"而今则断榭零垣，三顿而三改其观，沧桑之变如此"的慨叹。

徐霞客尽管遍览祖国大好河山，但面对人事更替、物是人非还是不由得感伤。但不承想，在通星纬舆地之术的施绍莘营建这座别墅的时候对此却已看得达观通透。在《西佘山居记》中，他详序了别墅营建的过程，却又清醒地写道："予且逍遥目前，安分知止。百岁之后，安知其不为子孙卖，不为势家夺，不为平田耕，不为虎狼穴，不为兵寇焚，不为樵竖截？此事理之必然，无足讶者。予维记之一片石，使芜没之后，或有得断碣者，知此地曾有室庐，有卉木，有人文采风流于此，今且鞠为茂草，不复辨处。倘其人有心，当为之抚膺一长叹耳。"只不过，没想到施绍莘一语成谶，很快"眼看他起高楼，眼看他宴宾客，眼看他楼塌了"，更令他没想到的是，为他"抚膺一长叹"的竟然是一个与他仅仅有过一面之缘的旅者。最令人意想不到的是，就是这只言片语的记载，却为文学史上的一个难题，提供了难得的证据。

施绍莘多识多才，通经术，喜古今文，尤善音律。他一生所作以词和散曲著名，有《花影集》5卷。《明词综》卷五引《青浦诗传》云："子野少负隽才，作别业于泖上，又营精舍于西佘，极烟波花药之美。时陈眉公居东佘，管弦书画，兼以名童妙伎，来往嬉游，故自号浪仙。亦慕宋'张三影'所作乐府，著《花影集》行世。"其散曲，不为梁伯龙一派所囿，取材广泛，率情认真，艺术境界阔大而丰富，随时随地创谱新声，不意追求音律、辞藻，能自由抒写个人情怀，成就突出，被称为"明人散曲之集大成者""施绍莘为一代之殿"。但可惜的是，由于"明代诸选竟不登一字"致使他自逝后被长期埋没、忽视，进而导致他在文学史上没有得到应有的评价，甚至连生卒年都莫衷一是。

关于施绍莘的生卒年，《四库全书总目》《明词综》《嘉庆松江府志》《光绪青浦县志》《中国人名大辞典》《中国文学家大辞典》等文献均未著录。但其实细读施绍莘的《花影集》，再经过合理的推算，我们不难发现他其实生于明神宗万历十六年戊子（1588），而非上海古籍出版社来云点校本《秋水庵花影集》前言中所言的明神宗万历九年辛巳（1581）。其卒年尽管很多资料据梁乙真先生未曾确切论证的判断，定为1640年，但其实一直成谜。好在又是这个偶见一面的徐霞客在其《徐霞客游记》中为我们提供了相对确切的记录，让我们有机会一探历史的真相。根据上文徐霞客三次过访施绍莘别墅的情况，我们可以大概判断，施氏当逝于崇祯三年（1630）之前，而非1640年，因为此时作为当事人的徐霞客已明言其"人亡琴在"，就连别墅也已售给了兵郎王念生。

400年过去了，重读《花影集》的精妙文字，再想想我们对乡贤文人的漠视无知，何其汗颜，而那个400年前与施绍莘匆匆一见的徐霞客，又何其有心。倘或施绍莘泉下有知，肯定也会为徐霞客和他的大作"抚膺一长叹"。

三

科技、人文与佘山可能尚须一说，但生态之于佘山，无需文字，感受即可。

松江之美在九峰三泖，而九峰之美又首推佘山。元代"山史"凌岩饱览九峰胜景，赞叹佘山"三峰高远翠光浓，右列仙宫左梵宫。月落轩空人不见，野花山鸟自春风"。明代董宜阳把它赞为"楼台掩映，花木蔽亏，风景异人世。冥搜极览，娱乐久之，岂仙都世外复有所谓西霞者乎"的绝美仙境。《佘山小志》载："九峰三泖间，处处有花木之胜，而东西二余，尤为山水结聚处，花木为尤蕃。"《明斋小识》说："九峰为云间胜地，春秋佳日，足供眺赏，而三峰（佘山）七峰，独擅其胜。余自二月初八至四月初八止，游人不绝。四八两期，暄阗尤甚，画船箫鼓，填溢中流，绣幰钿钗，纷纶满道。又有知止山庄，可以息足其间。村女狡童之买离乡草、不倒翁者，交错于道。"古往今来，无数文人墨客因佘山幽静绝美，而甘愿避世而居，归隐其中，更是用一首首媲美竹林山色的诗词曲赋赞叹它的风光。客观地说，佘山若单从海拔、形势等自然条件来说，既不高耸，更不险峻，在中国的名山大川中并无值得夸耀的自然条件。但因为有了千年文脉的加持，使得这里的自然与人文相得益彰，也使得这座滨海小山成为一座绵延千年的文化高峰。

抛开文化，如果纯任自然，也许现在的佘山应该是它最美的样子。民国的报纸里有诸多登临佘山游赏玩乐的报道。松江的第一名共产党员侯绍裘不仅自己四次登临游赏，而且带着自己的学生用一天的时间遍游东西二山。他还亲自为佘山素描写生并为自己不能传神写照而遗憾感叹。但当我们翻看当时照片时，却发现山上绝大部分还是光秃秃的样子。而现在，尽管山下的河流水道已然变迁，但一年四季，无论什么时节，拾阶而上，登临山顶，俯拾皆是古木之幽、竹林之翠，大有施绍莘所言的"西佘耸峭而尊严，东佘委蛇而飞翔，予之饮食坐卧，皆在其空翠中"的感受。只是，若要求全责备，草木依然苍翠，但当年的亭台楼榭早已无迹可寻。假使徐霞客400年后魂兮归来，他在"当惊世界殊"的同时，一定也会有我们一样的感叹吧。

不过，再反过来一想，这样也好！毕竟施绍莘都能想明白的道理，我们何必还要再纠结400年呢！霞踪客影归去，文字遍传人间。佘山和那些人、那些故事，尘归尘、土归土，自然给予的一切，那还是让一切都还给自然吧。

上编

霞客名出四百年

一、研究考证

徐霞客与陈继儒的忘年交及书信浅评[1]

娄建源

徐霞客（1587—1641），本名弘祖，字振之，号霞客，南直隶江阴（今江苏江阴）人。他是中国国土考察的先驱，游历中国山河的鼻祖，我国著名的地理学家、大旅行家和文学家。他自幼"特好奇书，博览古今史籍及舆地志、山海图经"，一生远离科举，不为仕途，矢志远游，探究山川奥秘。22岁始游，卒年54岁。这位"千古奇人"以30年的"奇游"，为后人留下了"千古奇书"——60万字的《徐霞客游记》。其"奇游"和"奇文"，而后成为"奇人"，除了受父亲的影响和母亲的鼓励之外，还与明代松江名人——隐居佘山的陈继儒大有关系。

陈继儒（1558—1639），字仲醇，号眉公，松江华亭（今上海松江）人。29岁起弃考不入仕。明代后期成为闻名全国的大学者、文学家、书画家兼博物学家。一生著有多种著述，有《陈眉公全集》等。一生隐居，自命处士，"屡奉诏征用，皆以疾辞"。卒年82岁。

徐霞客与陈继儒交往了12年，常见的是在《徐霞客游记》中所记载的"三到佘山"拜见陈继儒和施绍莘（字子野）的事。经笔者阅考，徐霞客曾五次到佘山，四次与陈继儒见面。在《徐霞客游记》中所记载的"三到佘山"之前，

1　原文首刊于2010年1月10日《松江史志资料》第31辑。后编入《上海佘山国家旅游度假区志》（上海辞书出版社2010年8月版，第317-324页）、《松江轶事》（方志出版社2010年9月版，第63-74页）、《追旅思》（文汇出版社2017年9月版，第189-200页）等书，并转载于无锡市徐霞客研究会主办的《徐霞客与当代旅游》2011年试刊号第43-49页。

还有两次。他俩之间友情真挚，故事感人，反映了人世间真挚的友谊。本文将徐霞客与陈继儒两人之间的交往、徐霞客五到佘山、将佘山定为西行起始地及两人的书信往来做一浅评。

一、徐霞客与陈继儒的初交

明天启四年（1624）五月，徐弘祖在福建籍学者王畸海引荐下结识了陈继儒。他是慕陈继儒这位大学问家之名，前去松江府青浦县东郊的佘山，请陈为他母亲80寿辰写寿文。一个是不为人知的布衣，一个是声震朝野的名士。这一年，徐弘祖39岁，陈继儒已68岁。徐弘祖初次造访是拘礼的，倒是陈继儒被这位"墨颧雪齿"、面容清瘦的后生深深吸引了，陈赞徐为"奇男子"，倒过来"叩"敬徐弘祖。因为弘祖所谈"磊落嵯峨，奇游险绝"的探险故事和他掩藏在清瘦仪表后的过人"胆骨"，令其折服、钦佩。陈继儒又了解到徐弘祖母亲虽已年逾古稀，却因丈夫早亡又20年而独立撑持家庭，卓具见识，鼓励弘祖远游，实在是位"奇母"。当弘祖受"父母在，不远游，孝子不登高，不临深"的古训束缚时，徐母鼓励弘祖："有志四方，男子事也。"她对圣人所谓"父母在，不远游"做了新的解释，认为只要父母儿女相互理解信任，远游未尝不可，不必牵挂自己，这种精神境界是非常不易的。而且徐母为了鼓励儿子远游，特为徐弘祖缝制了远游冠，以壮其行，并以80岁的高龄"偕游"善卷、铜官诸绝胜处。其母王氏以"偕子同游"表示自己身体无恙，不必挂念。

仅仅是初次相会，徐弘祖就与陈继儒结成了无话不说的忘年之交，他尊称陈继儒为"眉公"或"老先生"，陈继儒则因徐弘祖酷爱旅行，经常餐霞宿露于山林野泽之间，乃是烟霞之客，便为弘祖起了"霞客"的别号，"徐霞客"之名便是从这时开始使用，"霞客"这个十分贴切又富有诗意的雅号便随着《徐霞客游记》而遍传天下。听弘祖讲其母亲的事，也使陈继儒对霞客母亲更生敬意，欣然同意为其母亲写寿文，即《寿江阴徐太君王孺人八十叙》。从"寿叙"中可见，徐、陈初次见面的情况如"寿叙"开头时所述，这是他俩的第一次见面。"寿叙"中对徐霞客父亲去世后，徐母独撑20年，勤劳持家、鼓励徐霞客远游等大加赞颂。在这以后，陈继儒逢人便讲徐霞客母子，"极心力以彰之"，并且成为徐霞客远游的热心宣传与支持者。该"寿叙"今仍列于江阴徐霞客故居"晴山堂石刻"之中。

二、徐霞客多次到佘山拜访陈继儒

就在徐霞客为母求"寿叙"的次年，即天启五年（1625）九月，徐霞客母亲终因积劳成疾病故。据记载，徐霞客在此时未忘记那位热情而十分推崇敬重他们母子的前辈陈继儒，特地至佘山登门约请陈继儒为他父母写合传，陈继儒应邀撰写了《豫庵徐公配王孺人传》。合传对徐母在家道中落、丈夫先逝的情况下操持家庭所记甚详，对王孺人勤俭持家的精神加以称道，还叙述了王孺人是位心胸豁达、见识卓异、见义必为的女中之英。徐母所居房屋潮湿昏暗，霞客准备为她建造新居，她坚决推辞，对霞客说："与其用钱给我造新房，不如将先祖留下的墓碑文物保护起来，以表彰先德、教育后代。"霞客遵照母训，在她80大寿前夕建好了

"晴山堂"。天启四年（1624），江南大灾，粮价暴涨，乡人遭难，徐母命霞客用数十石粮赈济饿户；后又让霞客捐资修复了宗祀和明初清官张宗琏的江阴君山庙。徐母的这种义举，是十分难能可贵的。这篇传文中有一句十分感人又耐人寻味的话："弘祖之奇，孺人（徐母）成之；孺人之奇，豫庵公（徐父）成之。"这正是对徐霞客一家人最为客观又贴切的评价。该篇合传今仍存于"晴山堂石刻"之中。

徐霞客第一次到佘山，在陈继儒的"寿叙"中有"今年王畹海先生携一客见访，墨颧雪齿，长六尺，望之如枯道人，有寝处山泽间仪，而实内腴，多胆骨。与之谈，磊落嵯峨，皆奇游绝事，其足迹半错天下矣。客乃弘祖徐君也"的记载。关于徐霞客第二次到佘山，在有关徐霞客的资料中江南大学蒋明宏教授的文章《与陈继儒的交往》中有"特地登门约请他为父母写合传"这句话，因无原文，故有人存有异议，在此笔者略做分析推断。那年，徐霞客母亲病故后，他邀请了华亭董其昌、陈继儒、苏州陈仁锡、范允临、嘉善进士蒋英、宜兴进士周延儒、嘉定李流芳、武进孙慎行、浙江进士王思任等人为他父母写记、传、铭、诗赋等。徐霞客与陈继儒在此前仅见过一面，关系再好，也不会发一书信做邀请，或派船派人去接送。且陈继儒也已69岁了，华亭另一位名人董其昌则已71岁高龄了。请这两位前辈名人给自己的父母撰写合传和墓志铭，按常理，应该自己亲自登门相邀的，这是对长者的礼貌和尊重。从徐霞客的为人处世来看，他是明白这道理的。如上一年徐霞客曾持《秋圃晨机图》至江阴南郊毘山，拜访时年73岁的隐居者江阴巨儒夏树芳，请他为图作赋；霞客还持《秋圃晨机图》拜访了江阴璜溪名儒张育葵，张观图后即作长诗咏赞。另外，佘山离江阴并不算太远。故以为"特地登门约请"这句话应该是成立的。

天启四年（1624）和天启五年（1625）徐霞客两次到佘山拜访陈继儒，与陈继儒结为忘年交。正是有这样的交往做铺垫，才会有《徐霞客游记》中记载的他在居丧期满后，游浙、闽、粤归来时，第三次来到陈继儒结庐隐居的东佘山。这样来看，也就顺理成章了。

三、徐霞客将"西南万里行"的起始点放在了佘山

明崇祯九年（1636）秋，徐霞客开始西南之游前，第五次来佘山。据《游记·浙游日记》记载：

丙子九月……二十四日　五鼓行。二十里至绿葭浜，天始明。午过青浦，下午抵佘山北，因与静闻登陆，取道山中之塔凹而南，先过一坏圃，则八年前中秋歌舞之地，所谓施子野之别墅也。是年，子野绣圃征歌甫就，眉公同余过访，极其妖艳。不三年，余同长卿过，复寻其胜，则人亡琴在；已有易主之感。而今则断榭零垣，三顿而三改其观，沧桑之变如此。越塔凹，则寺已无门，唯大钟犹悬树间，而山南徐氏别墅亦已转属。因急趋眉公顽仙庐。眉公远望客至，先趋避；询知余，复出，挽手入林，饮至深夜。余欲别，眉公欲为余作一书寄鸡足二僧，强为少留，遂不发舟。

二十五日　清晨，眉公已为余作二僧书，且修以仪。复留早膳，为书王忠纫乃堂寿诗二纸，又以红香米

写经大士馈余。上午始行。盖前犹东迁之道，而至是为
西行之始也……

从上述350多字的日记中可见，这是徐霞客开始西南之
游前，最后一次到佘山，是特地来向陈继儒拜别的。文字虽
不多，其内容很丰富。看似在叙述经过，其实是他与陈继儒
友谊的再现，也是他对实现西南远游凤愿前的美好回忆。徐
霞客在西南之游前两个月，曾与陈继儒有过书信来往，这部
分内容在后面专做叙述。日记中提到的"静闻"，指的是江
阴迎福寺僧静闻和尚（莲舟法师弟子），为了将刺血写成的
《法华经》供于鸡足山，与徐霞客同行。后静闻在途中遭强
盗抢劫受重伤而病故于南宁，徐霞客将静闻骨殖带到鸡足山
安葬，实现了朋友的遗愿。

日记中记叙到"八年前中秋歌舞之地"，指的正是"崇
祯元年"（1628）中秋霞客第三次拜见陈继儒的事。霞客在
浙、闽、粤之游归来后直接到陈继儒结庐隐居的东佘山。在
陈继儒的"顽仙庐"里，霞客谈到了三年来的情况，尤其是
居丧期满后的浙、闽、粤之游，他与黄道周的结识，以及他
决定择日西游、献身于山水地理考察的志向……他时而栩栩
神动，时而激昂慷慨，本来有些寡言的徐霞客竟然滔滔不
绝、一反往常。陈继儒对他的叙述十分感兴趣，对他的大志
也许诺会大力帮助。乘兴他又邀霞客到西佘山的另一位有山
水之好的隐居者施绍莘（字子野）处，三人诗酒相对，歌舞
助兴，同叙山水情，共赏中秋月，在施的"西佘草堂"度过
了美好的夜晚。显而易见，霞客八年后的"西南万里行"的

大愿化为行动，是与陈继儒的帮助和鼓励分不开的。

在这次拜访的小三年后，即崇祯三年（1630），据《徐霞客游记》记载："不三年，又同长卿（徐应震字，号雷门，徐霞客族兄、旅伴）过，复寻其胜。"徐霞客第四次来到佘山。先访问施绍莘宅院，此时施绍莘的"西佘山居"已易主，施也迁居别处。"三顿停顿而三改其观"，则说明他三次来此，每次的面貌都不一样。按常理与霞客交游的特点，对陈继儒他不会过门不入，两人是否见面？可惜无记载。

霞客自江阴出发，经无锡、苏州、昆山、青浦至佘山，并非由江南运河直达杭州，而是迂道东行到佘山，并把佘山作为此次西行的起始地。"前犹东迁之道，而至是为西行之始也。"可见他将陈继儒看得非常重要，说明陈对他西行给予了很大帮助和支持，他无以回报，便将佘山作为西南万里行的起始地。徐霞客此去西南路遥日久，陈继儒也年过八十，对他们来说几乎已是最后一见了（三年后霞客在云南鸡足山考察时，陈继儒病逝）。

这次远游是早经筹划的，西行的主要路线，包括云南鸡足山，也早已确定。陈继儒主动为徐霞客写了几封给西南友人的信札，据《徐霞客游记》前后提到的，这些信分别写给丽江土司木增、鸡足山僧侣弘辩、安仁、云南晋宁学者唐泰（字大来）等人，而且是写两份，一份寄出去，一份让霞客随身带去，可谓考虑得十分周备。这封封信函都了一个目的：使徐霞客在远游途中能得到种种方便，使霞客一旦遇到困难可以获得帮助。正如陈继儒所担心的那样，徐霞客在经湖南湘江时，遭遇行李被盗，行李中的银两、信函也全部失去。好在云南的这些友人均已收到陈寄来的信件，早已恭候霞客的到来。对已年过八十的陈继儒来说，这是他所能给予徐霞客最大的帮助了，而对霞客来说也恰恰是最珍贵的、最有价值的帮助。另外，《徐霞客游记》80%的内容是从此次西行开始记录的。

四、徐霞客西南远游前与陈继儒的书信来往

由上海古籍出版社1987年10月出版的《徐霞客游记》（增订本）中，将徐霞客的《致陈继儒书》和陈继儒《答徐霞客》一起编入卷十下附编"诗文·书牍"之中。而由吕锡生先生点校的广陵书社2009年1月版的《徐霞客游记》，则将《致陈继儒书》编入了正文卷一最后一篇，列在卷二《浙游日记》之前，也是该版本中唯一的书信，可见其书信的重要性。全文如下：

致陈继儒书

每晋谒，非祁寒即溽暑。犹记东郊雪色，畬坞松风，时时引入着胜地也。此旷古胜事，弘祖何人，乃每岁得之老先生。挟纩披襟，骨朽犹艳。前又蒙即席成韵，使王母筵端，标霞回汉。觉周穆王之白圭重锦，俱为夺色；董双成之琅璈云和，难与竞响，真堪白云谣赓酬矣！敝乡暑旱为厉，自三时至三伏，无涓尘之滴。环望四境之外，无不沾足者，独一方人苗俱槁，如火城炭冶，朝夕煅烁，想独劫灰此一块土也。遥引清标高荫，又不觉出九天之上矣。

弘祖将决策西游，从牂牁夜郎以极碉门铁桥之外。

其地皆豺嗥鼯啸、魑魅纵横之区，往返难以时计，死生
不能自保。尝恨上无以穷天文之杳渺，下无以研性命之
深微，中无以砥世俗之纷沓，惟此高深之间，可以目摭
而足析。然无紫囊真岳之形，而效青牛出关之辙，漫以
血肉，偿彼险嵲。他日或老先生悯其毕命，招以楚声，
绝域游魂，堪傲玉门生入者矣。特勒此奉别。

　　计八月乘槎，春初当从丽江出番界。昔年曾经其
地，候一僧失期而返。窥其山川绝胜，以地属殊方，人
非俗习，惴惴敛屐去。前从函丈读《木氏世传》，始知
其衰然贤者，何第夜郎之翘楚乎。乃信九夷之思我圣
人，固非虚拟，而东鲁西羌，声气固自旁通。幸藉鸿辉
于复函中，不靳齿牙之余，或他时瓢笠所经，偶有不
测，得借以自解，使之无疑其他。即开山之图，护身之
符，不啻矣！若其使已去，不识可以一函贲往乎？弘祖
于中原地主，悉不欲一通姓名，何敢妄及殊俗？正以异
域之灵岨冈景，靡非蜀道，非仰资旭轮，无以廓昭霾藏
耳。万源分派，总属朝宗，众峤悬标，具瞻东岱。印川
之心，不殊景岳之思。靡替临风，无限神遄。

　　　　　　　　　　　　　　　　　　　　徐弘祖

　　这封信，写于崇祯九年（1636）七月，徐霞客开始他
一生中行程最远、为时最长的西南远游之前，时年49岁。信
中，霞客直白地宣示了献身旅行考察事业的动机，是他对自
己襟怀和人生态度的披露。在开始生死未卜的远行前夕，他
向挚友陈继儒倾吐肺腑：深感自己既不善于研讨天文奥秘、

考究性命义理，又不善（不愿）陷身于纷繁的世俗事务，但也不愿碌碌无为，终老田园。于是，选择了实地考察山川地貌的事业。这次西行，尽管知道去的是"豺嗥鼯啸、魑魅纵横之区"，知道"往返难以时计，死生不能自保"，但在终老田园和万里遐征之间，徐霞客还是选择了后者。他要实现自己的人生理想，实现自己的价值，实现他亲力亲为深入考察广袤的祖国山河大地的夙愿。他引用"老子骑青牛西出潼关"的典故，表示西行的决心。他已经做好弃骨荒郊绝域的准备，在信中与陈继儒诀别："他日或老先生悯其毕命，招以楚声，绝域游魂，堪傲玉门生入者矣。特勒此奉别。"寥寥数语，一个惊世骇俗，具有可贵的独创精神，具有强烈的使命感、责任感，置生死于度外的先进知识分子形象，昂然立起——《致陈继儒书》为我们开启了一扇探求徐霞客思想、精神面貌的重要门户。

这封信还为研究徐霞客平生游踪，提供了宝贵线索。谈及西行丽江的计划，霞客说："昔年曾经其地，候一僧失期而返。窥其山川绝胜，以地属殊方，人非俗习，惴惴敛屐去。""昔年"何年？"其地"何地？均有待落实。到云南丽江，如不道经贵州，就只有入川经峨眉山而下。关于徐霞客曾否到过四川，一直是他游踪的悬案。褚绍唐先生《徐霞客曾否游川质疑》一文即主要据这段话，联系有关传志及《徐霞客游记》行文做了肯定回答。但也有人持不同见地。不论与否，徐霞客研究者们对霞客的这段自白，自不能等闲视之。

和《徐霞客游记》秉笔直书、不事雕饰的风格不同的是，《致陈继儒书》言志叙事，比较注意辞章，用典及骈俪的文句均较多。这是我们到目前为止仅见的徐霞客书信，弥足珍贵。

陈继儒在收到徐霞客的信后，当即给徐霞客回了一封信，全文如下：

答徐霞客

吾兄高瞰一世，未尝安人眉睫间。乃奇暑奇寒，辄蒙垂顾，不知何缘得此！且弟好聚，兄好离；弟好近，兄好远；弟好夷，兄好险；弟栖栖篱落，而兄徒步于豺嗥鼯啸魑鬼纵横之乡。不谒贵，不借邮符，不觊地主金钱，清也；置万里道途于度外，置七尺形骸于死法外，任也；负笈悬瓢，惟恐骇渔樵而惊猿鸟，和也。吾师乎徐先生也！儒桃虫壤蚓，讵敢逐黄鹄而问其所之乎！今寓内多故，尧舜在上犹有水旱夷狄盗贼之忧，此无他也，遇半稔则吏梳而官篦之；遇流劫则寇梳而兵篦之，京陵虽幸太平，而秦晋楚洛之涂炭极矣！吾兄决策西游，不若姑待而姑缓之，以安身立命为第一义。圣明诛赏必信，剿抚兼行，鬼神有厌乱之心，胁从怀求赦之意，廓清扫荡，弹指可期。当此时也，弟为驴背之希夷，兄为鹤背之洪客，采灵药，访道人，任运所之，张弛在我，何必崎岖出入于颅山血海而始快乎山之奇游乎！伤哉！文林两相国相继岱游，未了之事，石斋能补，但恐石人未肯点头耳。

丽江木公书遵命附往，并有诗扇一柄、集叙一通，以此征信。此公好贤若渴，而徐先生又非有求于平原君者。度必把臂恨晚，如函盖水乳之合矣。珍重珍重，归歟归歟！出游记示我，请为涤耳易肠而读之。"楚些"未敢闻命。

陈继儒

不愧为徐霞客至交，陈继儒以自己和徐霞客相比较，用"弟好聚，兄好离……""置七尺形骸于死法外"，不到50个字就准确地勾勒出徐霞客不同凡响的风貌。他深知此行之艰巨，力劝霞客"不若姑待而姑缓之，以安身立命为第一义"，"何必崎岖出入于颅山血海而始快乎山之奇游乎"！话是这么说，然而陈继儒知道去志已决的霞客是不会放弃既定计划的，他还是应霞客之请尽可能提供了帮助。除了给丽江木公的信，还给霞客带去"诗扇一柄、集叙一通，以此征信"。可惜信和携物都于湘江遇盗时遗失。尽管如此，霞客西行到昆明后很快结识了滇中名士唐泰（字大来），从而在游资告罄之际得到大来的帮助。他在《徐霞客游记》中深有感慨地记道："大来虽贫，能不负眉公厚意，因友及友，余之穷而获济，出于望外如此！"而且得知"丽江守相望已久"（《游记·滇游日记四》），都说明陈继儒还曾另外写信为徐霞客做了介绍安排。如陈继儒在给唐泰的信中说："良友徐霞客，足迹遍天下，今来访鸡足并大来先生，此无求于平原君者，幸善视之。"（《游记·滇游日记四》）在崇祯十一年（1638）十月二十三日日记中，旅途中的徐霞客深深感激陈继儒的帮助，说他"用情周挚，非世谊所及"。

这西行前的往来书信，正是两人友谊的见证。而陈继儒给西南友人的信，则是陈继儒为徐霞客西南行所做的最大帮助，是友情的具体化表现。徐、陈两人是忘年交，两人的友谊交往非常真挚，不带任何私利，一心只为对方着想，关心对方，支持对方。在今天市场经济背景下，人与人之间的交往该如何对待？先贤的朋友情是我们的楷模，是值得我们继承并弘扬的。

2009年是陈继儒逝世370周年、徐霞客逝世368周年，特写此文以纪念。

徐霞客与陈继儒的交往[2]

蒋明宏

在与徐霞客有较多交往的友人中，有一位比徐霞客年长29岁、在徐霞客远游考察事业上给予帮助最多的朋友，一位忘年的知音。他就是明后期全国闻名的大学者、文学家、书画家兼博物学家陈继儒。

陈继儒（1558—1639），字仲醇，号眉公、麋公，松江华亭（今上海市郊）人，有多种著述，但一生隐居，自命处士。徐霞客于天启四年（1624），在福建籍学者王畸海引荐下结识陈继儒。当时他是慕陈继儒大学问家之名，前去请他为母亲八十寿辰撰写寿文的。一个是声震朝野的名士，一个是不为人知的布衣，而且前者已是年届古稀的老者，徐霞客初次造访是拘礼的。不料恰恰相反，倒是陈继儒被这位"墨颧云齿"、面容清瘦的后生深深吸引了，他赞其为"奇男子"，倒过来"叩"敬霞客。这是因为，霞客所谈"磊落嵯峨，奇游险绝"的探险故事，和他掩藏在清瘦仪表后面的过人"胆骨"，令其折服、钦佩。陈继儒又了解了徐霞客母亲虽已年逾古稀、因丈夫早亡又20年独力撑持家庭，却卓具见识、鼓励霞客远游，实在是位"异人""奇母"，从而对霞客母子更生敬意，欣然同意为徐霞客母亲写寿文（《寿江阴徐太君王孺人八十叙》，今仍列于"晴山堂石刻"中）。仅仅是首次相会，徐霞客就与陈继儒结成了深厚的忘年之谊，

---

2 原文节选自郑祖安、蒋明宏主编的《徐霞客与山水文化》（上海文化出版社1994年5月版，第59-62页）。收录时改现名。

他称陈继儒为"眉公",陈继儒则为他起了"霞客"的号（"徐霞客"之名便是从这时开始叫起来的）。"霞客",这个十分贴切又富有诗意的雅号从此便遍传天下。在这以后,陈继儒逢人便宣传徐霞客母子,"极心力以彰之",并且成为霞客远游的热心宣传与支持者。

就在为母求寿文的次年,徐霞客母亲终因积劳成疾而病故了。据记载,徐霞客在此时未忘记那位热情而十分推崇敬重他们母子的老前辈陈继儒,又特地登门约请他为父母写合传（晴山堂石刻中的《豫庵徐公配王孺人传》）。这篇传文中有一段十分感人又耐人寻味的话:"弘祖之奇,孺人（徐母）成之;孺人之奇,豫庵公（徐父）成之。"这正是对徐霞客一家人最为客观又贴切的评价。又三年以后的一个中秋,霞客再次来到陈继儒结庐隐居的松江佘山。在陈继儒的"顽仙庐"里,徐霞客谈到了三年来的情况,尤其是居丧期满后的浙、闽、粤之游,他与黄道周的结识,以及他决定择日西游、献身于山水地理考察的志向……他时而栩栩神动,时而又激昂慷慨,本来有些寡言的徐霞客竟然滔滔不绝、一反往常。陈继儒对他的叙述十分感兴趣,对他的大志也许诺大力帮助,乘兴他又邀霞客到当地另一位有山水之好的隐居者施子野处,三人诗酒相对,同叙山水情、共赏中秋月。应当指出,徐霞客西南之行的大愿,是与陈继儒的鼓励分不开的。在这次拜访的三年以后（1631年）,据《徐霞客游记》记录,徐霞客曾再度访问施子野居宅（时施已亡,宅已易主）,按常理与霞客交游的特点,对陈继儒他不会过门不入,可能也有过一叙。

　　崇祯九年（1636）秋，徐霞客开始西南之游前，一路乘舟来到佘山，特地向陈继儒拜别。他是偕静闻和尚（西南之游的行伴）同来的，这一次因登陆地点不同，他先过施子野旧宅（五年过去，已沦为"断榭零垣"），一路感慨时光流逝、沧桑变迁，又步履匆匆地直奔顽仙庐陈继儒住处。已经81岁的陈继儒见二人急急忙忙的样子，误当是来访的俗客，想要躲避，闻声才知是霞客，连忙出来迎霞客与静闻。霞客与陈继儒"挽手入林"，置酒聚饮，竟到深夜方休。霞客此去西南路遥日久，对他们来说几乎已是最后一见了（三年后霞客在云南鸡足山考察时，陈继儒病逝），多年来陈继儒对徐霞客的关切与忘年情谊也达到了顶点。陈继儒主动为徐霞客写了好几封给西南友人的信札，据《徐霞客游记》前后提到的，这些信分别写给丽江土司木增、鸡足山僧侣弘辩、安仁、云南晋宁学者唐泰等人，而且往往是写两份，一份寄出去，一份让霞客随身带去，可谓考虑得十分周备。这封封信函都为了一个目的：使徐霞客在远游途中能得到种种方便，使霞客一旦遇到困难可以获得资助。对81岁高龄的陈继儒来说，这是他所能给予徐霞客的最大帮助，而对于霞客来说也恰恰是最珍贵、最有价值的帮助。

　　徐霞客敬重陈继儒，主要是因为他的广博学问及不谋官爵利禄，而徐霞客为陈继儒所吸引，除了徐霞客涉险探奇的胆骨令他折服、受其赏识，以及他所称的"通家"的特殊关系（或与徐家有过世交之谊或姻亲关系），还有一个重要因素就是他作为泰州学派重要人物的特定身份。泰州学派推崇道德品节，积极从事山林及市井文化学术活动，虽在方法上有某种宗教神秘色彩，但因其作风平易而在在野士人与市民中影响颇大。这一学派学者有许多都到西南地区的鸡足山活动过或活跃于那一带。这些特点虽与徐霞客的科学考察不可同日而语，但在一些外在特征上（重品节、重山水、活跃于西南地区等）却有相似之处，能产生一定的共鸣。陈继儒作为当时泰州学派中颇有影响的人物，对于徐霞客的奇游与品节也就能给予较高的赏识，同时也有可能利用其影响使泰州学派的同人（木增、唐泰、安仁、弘辩等）对霞客提供实际帮助。如徐霞客在昆明考察时一度陷于困境，幸得唐泰接济才得以摆脱，当他得悉这是陈继儒嘱托唐泰接待的，十分感激："始知眉公用情周挚，非世谊所及矣。"可以这么说，黄道周和徐霞客的友谊贵在思想观点的契合以及黄道周对其"搜剔穷真灵"科学追求的理解，侧重在精神方面；而陈继儒则更多地在旅行的具体条件上为徐霞客提供便利与资助（通过嘱托自己的泰州学派同人）。这两种友谊，对于徐霞客来说，是同样珍贵的。

徐霞客与上海名士[3]

冯菊年

徐霞客（1587—1641）出身于江苏江阴梧塍里（今属马镇乡）的官僚地主家庭，家道虽已渐渐衰落，但仍不失为当地的殷实富户。明朝后期政治腐败，宦官擅权，小人当道，正直爱国之士有志难展，报国无门，还时时惨遭迫害，徐霞客的好友高攀龙、黄道周，亲家缪昌期等都死于非命。聪颖好学的徐霞客青年时就无心于仕途，而以一生（54岁）的大半时间做万里之游，涉足于"豺嗥虎啸，魑魅纵横之区"，"旅泊岩栖"，"能忍数日饥，能逢食即吃"；暮宿"破壁枯树"下，点燃松脂明火，记下每日旅游考察的记录。这个记录就是举世闻名的《徐霞客游记》，他不仅记下了祖国名山大川的无限风光，尤为重要的是系统地记录了我国西南地区岩溶地貌的详细考察研究资料。徐霞客对我国地貌学的考察研究比欧洲科学家对喀斯特地貌（岩溶地貌）的考察研究要早一个半世纪，成为世界之最。连当代著名的英国国际地理学家李约瑟博士看到《徐霞客游记》后都惊呼：这简直是当代地质学者的野外考察报告。近代学术界认为徐霞客实为清代考据学的先驱。

颇有远见卓识的徐霞客全身心切实地投入对大自然的科学考察事业。他亲历万水千山，艰苦卓绝又其乐无穷的壮举，震动了当时士林。"霞客"这个雅号就是士林中的友朋所赠。

---

3 原文首刊于《上海师范大学学报(哲学社会科学版)》（1993第1期，第17-19页）。收录时略有改动。

一、"霞客"雅号由上海名士题赠

徐霞客名弘祖（清人为避清高宗乾隆帝弘历的名讳而改称宏祖），字振之，号霞客，以号行于世。徐霞客以一个乡间布衣能遨游万里走遍天下山水的壮举，同时又因他是一位闻名的孝子和重义乐善的仁德君子，为当时的士大夫所推崇，纷纷与之交游，如江阴本邑的缪昌期、夏树芳、张育葵，苏州的文震孟、陈仁锡、张灵石，常州的沈应奎，常熟的钱谦益，无锡的高攀龙、陈伯符，嘉定的李流芳，昆山的张大复，上海的董其昌、陈继儒、杨汝成，漳浦的黄道周，临海的陈函辉，山阴的王思任，云南的唐泰等；其中除董其昌名声有亏于乡里、钱谦益晚节有损外，大都是正直清廉、刚正不阿、关心国家安危之士，他们或惨死于魏阉之手，或殉节于国难，或终身不仕清室。

当时士林友朋赞许支持徐霞客的万里之游，又奇其每月完成一卷近二万字的游记，认为他应有一个与其所行相称的尊号，于是热心的友朋都向他题赠雅号。旧时传统习惯，凡人在青少年时题有正式学名，到成年（20岁）后才有字或号，不仅士大夫阶层，就是农商之家也重视名讳字号。在日常社会应酬及友朋往来，都以字号相称，直呼其名视为不礼貌。历史上有不少人氏把自己的抱负和志向都表达在字、号之中。"霞客"即是一个实例。徐霞客一向谦恭，重于实事，在士林的赞许声中，未敢以什么号来自我标榜，其好友却非要为其赠送雅号不可，如黄道周认为徐隐逸好游，"晨与东海穿云展，暮宿苍梧载月舟"，作野外之客，而题赠号为"逸客"。上海华亭的陈继儒老先生对徐霞客尤为钦佩，在崇祯九年《答徐霞客》书中称："弟（陈自己谦称）好聚、兄好离，弟好近、兄好远，弟好夷、兄好险，弟栖栖篱落而兄徒步于豺嗥鼯啸魑魅纵横之乡。"（《陈眉公先生集》）钦敬之心情溢于言表。陈继儒以为徐霞客长年出没于茫茫烟霞之中。"寻山如访友，远游如致身"，为山水之常客，特题赠号曰"霞客"。徐弘祖在众多题赠之雅号中，对陈继儒前辈的题赠颇为欣赏，"霞客"二字反映了徐弘祖不进科举场屋，回避与俗吏交往，隐逸田野村舍，问奇于名山大川之心迹，犹如上海（华亭）名士杨汝成诗称："徐君骨相烟霞侣，域内名山游八九。"

二、专程邀请上海名士为母作寿序

明天启四年（1624）是徐霞客母亲王孺人八十寿辰。徐霞客这位著名的大孝子，因高堂健在，不敢远游，每每出外旅游归来，总要带"榔梅"或"琪花、瑶草、碧藕、雪桃归，为阿母寿"，38岁那年，他出游陕西太华山时想到高堂老母，放心不下，立即兼程返家，果然老母重病卧床，他日夜守候母侧，侍奉汤药。徐母是位伟大的母亲，曾一再鼓励徐霞客"志在四方，男子事也"。并为其制作"远游冠"，以壮其行。徐母以八十高龄，竟命徐霞客陪同其游荆溪、勾曲（今宜兴、句容一带山水岩洞），徐母还兴致勃勃地故意走在儿子前面。老母的激励和示范，促使徐霞客完成了"四方之志"的大业，《徐霞客游记》成了"千古奇书"。对人皆称："是母生是儿"，"弘祖之奇，孺人成之"。

徐霞客为母亲的八十寿辰精心筹划，其母虽是出身于书香门第的大家闺秀，却非常勤劳节俭。平日"好率婢子鸣机杼"（纺纱织布），又在园圃中"广艺秋藤，架棚引之，令绿荫满堂"。既有儿孙的读书声，又有机杼声于瓜果满棚的绿荫之下，是一幅优美和谐的田园风光图画。徐霞客根据老母之爱好，在其八十寿辰之际，特地登门求访丹青名家，请"梁溪（无锡）陈伯符写照，吴中（苏州）张灵石布景"，合画了一幅《秋圃晨机图》。他手捧祝寿图，又遍请当代名士品题寿叙、诗歌。

徐霞客首先拜访上海佘山的陈继儒，两人虽初次相识，却一见如故，当时徐霞客年仅39岁，陈继儒已六十有四，据陈追忆他们初见情景是："王畸海先生（在江南游学的福建名士）偕一客见访，墨颧雪齿，长六尺，望之如枯道人，有寝处山泽间仪，而实内腴，多胆骨。与之谈，磊落嵯峨，皆奇游险绝事，其足迹半错天下矣。"（《寿江阴徐太君王孺人八十叙》）徐霞客旅游中的惊险经历和毅力，使陈继儒折服。当时陈正在著作一部《奇男子传》，常恨今人远不如古人，因找不到今人奇男子典型而慨叹不已。今见到徐霞客如久旱获甘霖，又得知徐的惊人毅力来自一位奇异的母亲，对徐请作《寿序》一事感到荣幸而欣然命笔，挥毫而就《寿江阴徐太君王孺人八十叙》，叙中充满了陈对徐氏母子的衷心钦佩和热情赞颂。

为徐母《秋圃晨机图》祝寿图上品题的还有无锡高攀龙、福建黄道周、京山李维桢、关中米万钟、苏州文震孟等30余位名士。其中还有另一位上海名士——云间史氏杨汝成。杨与徐霞客族叔徐日升同为天启（乙丑）五年（1625）进士，因而相互结识并请其补题《秋圃晨机图》。杨汝成题写《秋圃晨机为徐太君赋》的最后四句为："徐君骨相烟霞侣，域内名山游八九，仙洞常寻五色芝，归来为母流霞酒。"对"异母奇子"赞颂得恰到好处。

三、奉母命赴沪访求董其昌书张庙碑文

徐霞客在母亲八十寿辰之际，原计划为母建造一所明亮舒适的新居，让老母安适地欢度晚年，徐母连忙阻止说："你为我造房，还不如把祖茔和家庙修好，使祖先的遗像、遗文等完好保存。还有君山（江阴城外君山西麓）的张公宗琏的庙宇亦年久失修，如能重新修建，这也是你父亲生前的心愿。"39岁的徐霞客一一领命办理。

徐霞客父母及其本人对张庙的重修何以如此重视，原来张宗琏的德政曾使常州地区的士庶百姓深深感动。张宗琏，江西吉水人，字重器，永乐二年（1404）进士，当时明仁宗朱高炽要朝臣推荐贤才，况钟和杨士奇都先后推荐张宗琏，因而得到重用。但张是位直臣，因"奏事忤旨"降为常州府同知，在任内颇有政声，为保护百姓得罪御史李立，双方多次争执，李立摆出钦差威势，一定要惩办常州百姓，张宗琏随而卧地，请求打他，以代百姓死。张不久忧愤而亡，"常州民白衣送丧者千余人"，"常人悲思之，为立庙于君山之阳"（《明史·张宗琏传》），经200年的风雨，虽几度修葺，庙宇早已破旧。徐霞客承父志奉母命出重资修复张庙，此义举深得江南士林赞赏。徐霞客还亲至上海（华亭）请年已古稀的大名士董其昌为张庙书碑，董其昌对徐霞客这位"神识超然"的"振奇之士"，早已闻其大名，对其义修张庙及亲自登门求书碑甚为感佩，不顾年迈而欣然挥毫，并还

请"镜山老人"何乔远撰写《名宦张候庙纪序》。

四、徐霞客来沪访名公为母乞墓志

天启五年（乙丑）（1625）九月，徐霞客81岁的老母与世长辞，徐霞客失去慈母痛不欲生，40岁的中年人如小孩一样呜呜哭泣，悲伤欲绝。徐霞客对老母的后事，最为重要的是把母亲豁达勤俭、贤德慈爱的一生事迹留下来，以激励后人。为此徐霞客再访上海，首先请董其昌为其父母撰写合葬墓志铭。董其昌非常高兴地接受了徐的要求，在近1500字的《明故徐豫庵隐君暨配王孺人合葬墓志铭》中以高度的热情、饱满的笔触，歌颂了徐父徐母的为人和光辉事迹，以及从徐霞客身上反映出的其父母的优秀品德和伟大业绩。最后落款"董其昌撰并书"，之上又冠上"赐进士出身、资政大夫、南京礼部尚书"等七个职衔，以示隆重。

接着，徐霞客又走访隐居在松江佘山的至交陈继儒老先生。陈继儒略加思索，就以悼念的心情、流畅的笔调把其父母一生最动人的事迹，以及如何教子成才等融汇在《豫庵徐公配王孺人传》之中。这一份传记是由陈继儒与苏州文征明之孙文震孟合作而成的，落款为：通家陈继儒撰，年家文震孟书。以示深交亲近。这是珠联璧合的珍贵墨宝。

此外，徐霞客还请绍兴名家王思任作《徐氏三可传》，无锡名士陈仁锡撰《王孺人墓志铭》，又请丹青名家和名士为其父母造像、题赞，竭尽人子的恭敬孝顺之心，甚是可嘉。

五、万里长游前最后一次来上海与至友话别

自徐母故世，徐霞客丁忧期间把父母遗骸合葬后，遍请各地名士为父母撰写传记和墓志铭，又为母亲的《秋圃晨机图》追补了不少名士的品题，了却了心愿。他为了实践父母"四方之志"的遗训和自己旅游考察的凤愿做了精心的筹划，准备到大西南做一次"不计程，亦不计年"的旅游，并下了"吾荷一锸耒，何处不可埋吾骨"的决心。

他携带一僧（静闻）一仆（顾行）做旅伴。静闻是江阴迎福寺和尚，以破指血水书写佛经，献给云南鸡足山寺庙，他的宏志得到徐霞客支持而结伴同行。他们首先向上海进发，经青浦到松江佘山，专程拜别隐居佘山的陈继儒。陈先生年近八旬，已极少会客，他"远望客至，先趋避"之，后闻是徐霞客来访，又"复出，挽手入林，饮到深夜"。（《徐霞客游记》卷二上，丙子九月二十四日记）徐霞客本想第二天就告别上路，陈先生哪里肯放，硬把他们挽留下来，在交杯闲谈中，知道他要到云南并到鸡足山去，陈先生专门写了两封信，带给鸡足山高僧弘辩和安仁。后静闻被盗刺重伤而亡，徐霞客不负静闻遗愿，仗义千里负静闻骸骨上鸡足山，送上静闻血写经书，为其安葬，并请当地名士撰传立碑、做佛事等都得到弘辩安仁的全力帮助，其中亦有陈继儒悉心襄助之功。

徐霞客每次出游只带一条棉被、一根手杖，带一个仆人及少许旅资，简便的行装，时常弄得身无分文，有时脱下衣服换钱充饥。这次大西南考察途经湘鄂地区竟三次遇盗、两次绝粮，随身所带的微薄游资及一路上收集的金石字画、朋友信札都损失殆尽，仅以身免，赖友人同乡借助接济才到达云南。他囊中已空，正在患难之时，却遇见一位云南名士唐泰,已恭候多时。唐泰向他诵读陈继儒的书信:"良友徐霞客足迹遍天下,今来访鸡足并大来(唐泰之字)先生,此无求于平原君者,幸善视之。"此时徐霞客"始知眉公(陈继儒字)用情周挚,非世谊所及也"。徐霞客对这位上海老友有着说不尽的感激之情。(《徐霞客游记》附录:丁文江《徐霞客年谱》39页)唐大来及唐的朋友对徐霞客的多方关心帮助是不必细说的。后徐霞客在《徐霞客游记》中追记此事说:"大来虽贫,能不负眉公厚意,因友及友,余之穷而获济,出于望外如此。"这里可见徐霞客与陈继儒之间的真挚深厚的友情,也可见上海人热情好客的传统由来已久。徐霞客的光辉事业是父母遗志促成,但也有友朋鼎力相助之一份功劳,这是最好的佐证。

徐霞客这次长达五年之久的大西南旅游考察,在上海与挚友一别,竟成了永别,在徐远游不久的同年,董其昌即逝世,三年后陈继儒也与世长辞,他俩虽说是徐的朋友,实应是长辈,都享年82岁,徐霞客未能亲临哀挽。但他在大西南考察所获得的举世瞩目的考察成就,也足慰老友含笑于九泉。

明晴山堂石刻与华亭八名士诗文墨迹[4]

娄建源

在江苏江阴徐霞客镇有徐霞客故居、徐霞客移葬墓和晴山堂。晴山堂石刻是徐霞客除了《徐霞客游记》之外鲜为人知的又一大贡献，为中华文化宝库中增添了又一璀璨夺目的文化遗产。晴山堂石刻里还有明代华亭八名士的诗文墨迹。

在介绍晴山堂石刻前，先要了解一下徐霞客家族。

一、徐霞客家族

徐霞客的祖上是一个饶有资财的江南大族，也是一个敦诗说礼的书香门第。家史上，为官者甚少，隐居乡里以田园山水自娱者甚多。上辈的民族正气和无意功名利禄、厌恶达官贵人、不与权贵交往的祖风，徐父的性格情趣和为人处世，徐母的谆谆教诲和全力支持，对徐霞客舍弃功名、隐居不仕，以身许山水的性格、情趣及爱国主义思想的形成，矢志于地理考察事业，有着至关重要的影响和作用。

一世祖徐锢，字子固，原籍河南新郑人，北宋末年任开封府尹，扈从高宗南迁临安（今杭州）。二世徐克谊官至浙江文安县尉。三世徐允恭为明州录事。四世徐守诚，庆元年间做了吴县尉，其家便由浙迁吴。五世千十一，字名世，守诚长子，南宋末年做过承事郎。千十一具有强烈的民族气节，南宋灭亡后，他告诫子孙"誓不仕元"，携家由吴县迁

---

4 原文首刊于2010年5月10日《松江史志资料》第32辑。后编入《松江轶事》（方志出版社2010年9月版，第96-109页）、《追旅思》（文汇出版社2017年9月版，第201-213页）等书，并转载于无锡市徐霞客研究会主办的《徐霞客与当代旅游》2011年试刊号，第57-63页。

到江阴，在梧塍里过着"其居田园，其业诗书"的隐居生活。千十一实际上是江阴梧塍徐氏的始祖，千十一有三子：伯三、伯四、伯十。六世伯三、七世亨一均恪守父祖之训，隐居不仕。八世徐直，字均平，生于元末明初，能诗善画，与倪云林友善。后随明军远征，客死云南。

九世徐麒（1362—1445），字木中，号心远，生于明初，是徐氏家族转盛的关键人物。徐麒青年时曾拜文学家宋濂为师，治学只讲究经书大意而不拘泥于章句。明太祖时应诏出使巴蜀，招抚西羌，功成返京。朝廷欲授其显职，他以"料理浩繁家业以富国用"为由推辞归里。在乡，徐麒率督亲族垦荒辟田，从事农桑开发，且告诫子孙"务农重谷"，被推为万石粮长。徐家田产猛增到近10万亩，成为江南首富。晚年，筑心远书斋，谢绝宾朋，读书修行。生有四子：忞、懋、恖、应。

十世徐忞（1393—1476），字景南，号梅雪，又号退庵，徐麒长子。正统年间，与弟徐恖（字景州）奉父命出谷四千斛赈灾，景泰年间再次"上粟公痍"，又"进鞍马助边"，抗击瓦剌南侵，先后两次受旌，拜为"义官"。徐忞生活节俭，注重读书修身。晚年，也作一书斋，内陈经史，外植梅花，以示高洁。徐忞与文人骚客相聚，赋诗作文，优游田里，笑傲林壑，怡然自乐。有三子：颐、泰、坤。

十一世徐颐（1422—1483），字惟正，号一庵，徐忞长子。少习《周易》，壮年时游学北京，从太常寺少卿黄蒙（字养正）学书法。英宗时因善书而入中书科，升为中书舍人，因被牵涉王振之党，以疾告归。事后，朝廷欲复用，徐颐用赡养高堂之由加以拒绝。他希望儿子登科入仕，在僻静之处建筑书房，督课儿子甚严，往往夜半才罢，且以重金聘请状元钱福（松江华亭人）、翰林张泰为塾师。徐颐可称是霞客先祖中的第一个文人。从此以后，徐家不仅有富名，而且有了文名，后世代代有著作。徐颐生二子：元献、元寿。

十二世徐元献（1454—1481），字尚资，号梓庭，徐颐长子。元献从小聪颖，10岁能赋诗，来宾叹慕，都说："徐氏有子。"以钱福、张泰为师，好学不倦，承其家学，除攻读《易》之外，对经史子集广加涉猎。成化十六年（1480）中应天乡试经魁举人。次年会试落第，后因苦读夭亡。其父徐颐亦悲伤而病死。元献著有《达意稿》。

十三世徐经（1473—1507），字衡父，又字直夫，号西坞，元献独子，霞客高祖。徐经性格内向，一生唯书是乐，对六经、诸子百家之文很有研究，在江南颇具文名，与吴中唐寅、文征明、祝允明等互相推崇。弘治八年（1495）中应天府乡试举人。弘治十二年（1499）与唐寅同舟北上会试，结果被诬以"贿金得题"，酿成科场大案，革去功名，废锢终身。正德年间，作北上旅行，客死京师，年仅35岁，著有《贲感集》。徐元献和徐经父子因科场事相继夭折。徐氏遭此打击，从此转向衰落。徐经有三子：沽、洽、治。

十四世徐洽（1497—1564），字悦中，号云岐，徐经次子，霞客曾祖父。17岁即由县学选入国子监，在国子监生中颇有名气，但科场不利，七次会试，七次落第，不得不捐资为官。后升鸿胪寺主簿，在职九年，辞归故乡。著有《云岐小稿》。有五子：衍芳、衍嘉、衍成、衍禧、衍厚。

十五世徐衍芳（？—1563），字汝声，号柴石，徐洽长子，霞客祖父。衍芳自幼在其父严督之下，终日埋头书斋。他最擅长古文辞，著有《柴石遗稿》。与先辈一样，衍芳兄弟五人中，有三人因科场失意而夭折，徐洽也因连丧三子悲痛而亡。徐洽、徐衍芳父子生活在嘉靖年间，时值东南沿海倭寇猖獗，江阴也遭骚扰，徐洽、徐衍芳在家乡积极发动绅民进行抗倭斗争。他们颂扬宋末抗元英雄文天祥和江阴抗倭知县钱錞的民族气节和爱国精神，出资修城，训练乡兵，多次要求官府派兵前来。徐洽父子的抗倭言行，是徐霞客先祖爱国主义精神的表现，对霞客有很大影响。徐衍芳有六子：有开、有造、有勉、有及、有登、有敬。有勉就是霞客的父亲。

十六世徐有勉（1545—1604），字思安，号豫庵，徐衍芳三子，是个洁身自好、自负亢直的布衣之士。父亡时有勉才19岁，鉴于父祖科场悲剧和明末社会政治腐败，不再应试，摈绝仕途之念，也不希望儿子醉心功名。他既无意功名利禄，也"不喜冠带交"，兴趣在于园林与山水。中年后遭盗身受重创，不久病故，年60岁。有勉去世之时，霞客年仅19岁，家庭的不幸遭遇铭记在他的心中，父亲的性格爱好也深深地影响着他。徐有勉有三子：弘祚、弘祖、弘禔。

二、晴山堂石刻

万历三十二年（1604），徐霞客父亲去世后，其母王氏为兄弟三人分析家产。长兄徐弘祚居崇礼堂，幼弟徐弘禔出居冶坊桥别墅，徐霞客则与徐母生活在一起，居住在老屋。

明泰昌元年（1620），霞客在所居院内增建"晴山堂"。晴山堂的建筑和得名有其来历:相传霞客35岁时,徐母身患重病,长久不愈。霞客四处求医,又到福建莆田九鲤仙祠求签,问母病势,求得一签语:"四月清和雨乍晴,南山当户转分明。"不久果然灵验,徐母病愈。霞客"为娱寿母",兼以保存明代倪瓒、宋濂、李东阳、米万钟、文征明、唐寅、祝允明等文人名流为其先祖所书的题赠序记、墓志碑铭等,便取"晴转南山"之意,筑了晴山堂。

堂成不久,适逢其母八十大寿。天启四年(1624),霞客曾邀四方文人墨客如黄道周、高攀龙、王思任、张大复、陈继儒、陈仁锡、陈函辉等题诗作图书寿文,共庆母寿。

天启五年(1625),其母亲去世后,又邀华亭董其昌、陈继儒、苏州陈仁锡、范允临、嘉善进士蒋英、宜兴进士周延儒、嘉定李流芳、武进孙慎行、浙江进士王思任等人为他父母写记、传、铭、诗赋等,连同有关先世的名人墨迹一一收藏于家中。

徐霞客在旅行的同时花了13年时间收集整理,明代263年间90位诗文书法大家用隶、楷、行、草为徐霞客及其先祖所题的95篇诗文墨宝,并请良工勒之于石,共76块,藏于晴山堂内。"石刻"反映的是徐氏八世祖徐直到十七世徐弘祖的题赠序记、墓志铭文、诗画、寿文合记等,其价值体现在石刻原件,体现于它的历史文献和书法艺术(注:石刻与松江方塔园内其昌廊中的董其昌临怀素帖大小相同、风格一致)。这便是后来"拓本流传""人争宝贵"、被视为"与唐碑宋碣并重"的"晴山堂石刻"。

晴山堂在明末清初遭到焚劫,后来,石刻陈于徐家宗祠内。"文革"时期险些被视为"四旧"破除，幸有当地一小学教师在石刻上刷了石灰才得以保存。1978年，有关部门移址重修了晴山堂。新修的晴山堂面朝东向，是一座有淡灰色围墙、青砖黛瓦的仿明代建筑。堂正中上方挂有朱穆之题"晴山堂"匾，下方有"徐母教子"雕像。堂三面墙壁上嵌着石刻诗文墨宝。晴山堂后院则安置着徐霞客的移葬墓。

晴山堂石刻中有90位诗文书法大家诗文，其中进士及第者55人（其中状元8人），一品当朝的内阁大学士有11人，帝王之师的侍读学士7人，礼部尚书9人，国学监祭酒5人，书画双绝者17人。单从书法艺术而论，明朝一代13位公认的书法代表就有8位，他们是宋广、宋克、沈度、文征明、祝允明、董其昌、米万钟、张瑞图，可谓集明代书法之大成。如此规模的书法精品能集于一堂，且保存至今，实为不易。现晴山堂石刻已被列为国家级文物保护单位，它的历史价值、文献价值、艺术价值都是无可比拟的。

在这90位诗文书法大家中，原松江府华亭人就有8位，他们是杨维桢（迁居）、陈璧、沈度、钱福、陈继儒、杨汝成、范允临（后迁居吴县）、董其昌。如果按地区划分，华亭人和长洲人各有8位，占首席。华亭八名士的诗文书法墨宝为何会出现在晴山堂石刻中？他们都写了些什么？他们与徐霞客及其先祖有什么联系？在此做一记述。

三、华亭八名士诗文墨宝

华亭八名士的诗文书法墨宝是"为谁写"和"写什么"，简述如下：

杨维桢（1296—1370），字廉夫，号铁崖，又号铁笛道人、东维子等，诸暨人，元末定居松江。元文学家、书法家。泰定四年（1327）进士，明初太祖召至京，修礼乐。诗名擅当时，号"铁崖体"。书法善行、草，清劲可喜，矫杰横发。有《东维子文集》《铁崖先生古乐府》等。他与徐霞客的八世徐直同时代，因徐直与倪瓒（云林）很要好，倪瓒于洪武三年（1370）为徐霞客的九世徐麒绘了《本中书屋图》，当时徐麒仅9岁，杨维桢与倪瓒是好友，同时也作了赠诗，诗文如下：

本中书室图与云林子赋

蓉城徐郎十岁耳，琼芽轩轩，已有餐霞御飚之异。云林子以世好命之字曰本中。复为拻墨。予时在阁中，顾索赋，遂并纪一绝。

小凤遰飞碧玉京，玄亭抵掌共卿卿，图成好识先天语，十二楼头第六楹。

铁史维桢

杨维桢对应的是徐氏八世祖徐直和九世祖徐麒赋诗《本中书屋图》。

陈璧（生卒年不详，活动于14世纪后期），字文东，号谷阳生，松江华亭人，洪武间（1368—1398）秀才，任解州判官，调湖广，学书者争事之。以文学知名，曾受教于杨维桢门下，尤善篆、隶、真、草，流畅快健。宋克游松江，陈璧曾从其受笔法。然陈多正锋，而宋多偏锋。此名士《松江县志·人物卷》中无记载。从"洪武间秀才"和"宋克

（1327—1387）游松江"的记载来看，他应比宋克年少。写诗"送徐本中"，诗文如下：

> 清声特操挺冰霜，持节明时向远荒。岁晚三巴同雨露，归来应自续长杨。

文东陈璧

陈璧对应徐霞客第九世祖徐麒以白衣应诏，出使西蜀，招抚羌人，功成身退而作。

沈度（1357—1434）字民则，号自乐，松江华亭人。少时刻苦力学，工篆、隶、楷、行和八分书，笔法婉丽，雍容矩度，其"台阁体"独领风骚。成祖初即位，诏简能书者入翰林，给廪禄，后迁侍讲学士，度深为帝所赏识，称为"我朝王羲之"。在"晴山堂石刻"中有诗一首，为沈度晚年时为徐忞的梅雪轩作序，诗文如下：

> 幽居俯寥廓，高怀讬箕颖，杖策聆虚籁，钩簾把清景。琴余舞鹤闲，睡熟啼鸟迥。懒梦松生腹，退处乐闲静。扣户惊客来，桐花落深井。俯仰天地间，消长理自省。悠然尘事远，阒矣日初暝。竹林春雨香，试荐一瓯茗。

云间沈度

沈度对应徐霞客第十世祖徐忞，家称素封，不以财富炫耀、隐迹农村，诗书自娱，出谷赈灾，进鞍马助边，表现了高风亮节。

钱福（1461—1504），字与谦，所居近鹤滩，因以"鹤滩"为号，松江华亭人。弘治三年（1490）进士第一名及第（状元），授翰林修撰。诗文以敏捷见长，远近以牋版乞题者无虚日。有《鹤滩集》。钱曾任徐霞客十二世徐元献的塾师。晴山堂留下的墨宝为"与薛章宪、徐经早起联句"。十三世徐经，系霞客高祖。诗文如下：

蚤起联句

吹老蒹葭瓦欲霜，（福）篝灯晤语杂寒螀。先生坐拥青绫被，（章宪）孺子言求白练裳。荛酒辟寒烘满盏，（经）芸编竞富乱摊床。夙心自快夜不寐，（福）壮志未甘宵竖降。啖紫团参芦菔酢，（章宪）噬黄矮菜韭萍浆。隔邻鼾睡或时呓，（经）对榻欢呼发出狂。鼓角遮声思战伐，（福）珮环生响忆趋跄。旋惊烛灺一寸许，（章宪）不道日高三丈强。敢复踰垣问泄柳，（经）聊须畏垒著亢桑。鹿蕉梦醒哄堂笑，（福）燕麦吟成绕户行。手搏空拳麈白战，（章宪）眉分曲局宛清扬。高歌起鼓恽之缶，（经）突舞行持伯也琫。力歇扶摇鹏徘翮，（福）心惊霹雳雁悲创。谈雄翡翠霏金屑，（章宪）神朗蟾蜍莹玉肪。夜警鸡鸣思越石，（经）空横隼击定蟠姜。忽从春去伤鹍鸠，（福）已觉秋高爱鹔鹴。那讶柳肢随象板，（章宪）差疑瓠齿露犀瓟。麦蕈薏苡谢药饵，（经）粔籹饧餭储糇粻。牙颊阑干便苜蓿，（福）骨毛葱蒨倚篁篁。寓公他日人应说，（章宪）便欲移家芘召棠。（福）

　　弘治辛酉秋九月，江阴使君涂侯宾贤，延余于道院。慎择宾从，得薛尧卿章宪、徐直夫经聚首。余以为奇遇也。连榻夜话不能寐，又不忍别去。相与效韩孟先辈，为联句二十韵。噫，二难四美，振高风于千载，龙蛰蠖信，抹浮云于一睫。辞非所较，情或可陈。后之览者当有感于斯言。

华亭钱福与谦志

　　钱福对应十二世祖徐元献、十三世祖徐经，皆能文好学，弱冠中举，惜英年夭亡。

　　陈继儒（1558—1639），字仲醇、眉公，号糜公，眉道人，松江华亭人。与同郡董其昌齐名，年二十九，焚弃儒衣冠，徙小昆山之阳，晚年隐居佘山。与徐霞客为忘年交。饶智略，子史百家靡不精研。工诗文，于苏轼书虽断简残碑，必极搜采，手自摹刻，曰《晚香堂帖》。善写水墨梅、竹及山水，气韵空远。有《眉公秘笈》《皇明书画史》《书画金汤》《陈眉公全集》等。天启四年（1624），受徐霞客之邀，为徐母八十大寿写寿文。全文如下：

寿江阴徐太君王孺人八十叙

　　余曾纂奇男子传数卷，每恨今人去古人太远，为慨叹久之。今年王畸海先生携一客见访，墨颧雪齿，长六尺，望之如枯道人，有寝处山泽间仪，而实内腴，多胆骨。与之谈，磊落嵯峨，皆奇游绝事，其足迹半错天下矣。客乃弘祖徐君也。余叩曰："亲在乎？"曰："吾翁豫庵公捐宾客者二十年，独母王孺人久支门户，课夕以继日，缩入以待出，凡飦酏酒醴，塗茨朴斲，以及鸡埘牛宫之类，诸童婢皆凛凛受成于母。母无他好，好习田妇织，又好植篱豆，壅溉疏剪，绞绳插架，务令高蔓旁施。绿阴障日，辄移纬车坐其下。每当蓄实累累，则采撷盈筐，分饷诸亲族，余即以啖卯孙。"卯孙者，三岁背母，王孺人腹抱口哺之，今十岁，能读父书矣。

往徐君放绝世务，喜游名山，游必咨母命而后出。王孺人曰："少而悬弧，长而有志四方，男子事也。吾为汝治装行矣。"徐君不借游符，不结伴侣，不避虫蛇豺虎，闻奇必探，见险必截；其腾蹋转侧之处，皆渔樵猿鸟之所不窥，穆王八骏，始皇六龙之所未曾过而问焉者也。徐君忽一日仰天叹曰："孝子不登高，不临深。聂政云：'老母在，政身未敢许人也。'而我许身于穷崖断壑之间，何益？"独往独归，解其装，惟冷云怪石，及记若诗而已。王孺人迎，笑曰："儿无恙。吾织布以易粞，摘豆以佐酒，卯孙从旁覆诵句读以挑汝欢。吾母子尚复何求哉。"

昔者，公父文伯退朝，朝其母，方绩。文伯请休。其母曰："民劳则思，思则善心生；逸则忘，忘则恶心生。男女效绩。愆则有辟，古之制也。诗曰频繁，礼曰種稑，后王君公之家且然，燕惰何以长世？"王孺人种豆离离，弄杼轧轧，此虽细小庞杂，其犹有诗礼之遗。意公父文伯母之家风乎？徐君朝饔夕餐，偃息衡门之下，与孺人声咳必俱，呼吸相应。母不必啮指倚闾，儿不必望云陟岵。尚禽之岳五，严夫子之州九，姑且掉而置之梦游之外。尻车尚在，肉翅未生。何待去家离母，骖鸾控鹤之为快哉。"父母在，不远游。"吾闻其语未见其人。今见之孝子徐君矣。君酷好异人异书与奇山水，诗文沉雄典丽，而不屑谒豪贵，博名高，此畸海先生乐为之友，而余欲列之奇男子传中者也。是母生是儿，其亦可以口展然而引一觞否？

天启甲子五月小暑日，书于长生书屋

通家陈继儒顿首撰

余初写此文，祝云："不讹不落，徐母当百岁。"竟如所祝，闻弘祖祈梦于九鲤湖，九鲤之仙告之曰，"汝母寿踰百岁外"，自今以始由期及颐，余更续文一通，以为太君觞，并持余文，走焚九鲤鑪中，以见仙梦之不妄也。

眉道人载记

天启五年（1625），受徐霞客之邀，陈继儒还为其父母写有合传《豫庵徐公配王孺人传》，全文如下：

豫庵徐公配王孺人传

豫庵徐公，江阴人。徐之先有征君本中者，高皇帝命之持节谕蜀，辞官还里，蠲粟赈饥，奉玺书特表门闾。其后哀挽铭诔，出魏文靖、王文端、胡忠安、叶文庄诸公，皆当世如雷如霆之伟人，碑版几照四裔。传二百年来而有豫庵公，柴石先生之第三子也。十九罹父衰。兄弟六人，阄产析之。公得中堂，坚让于伯氏，而自处东偏之庳屋数椽。公与配王孺人芟草驱砾，始有居。节腹约口，始有廥廪。其旷地多怪石伟木，为洗刡部署，始有园池。未几中盗，避之梁溪。骑归堕河，蹶一足，杖而后行，以此未曾一窥贵人门。即秦中丞、候司谏数诣公。闻驺从传呼声，匿不见，亦不往报谢。曰："吾宁为薄，不能为通，与其为通，不如使二公有不报之客。"暇日敕三五家僮，具笋舆叶艇，往来虎丘、龙井间。摘新茗，斟清泉，岸然旁若无人也。自负亢直，龁龁于群豪，病气厥，病舌。王孺人医祷百方，乃瘳。其后，过季子冶坊桥之田舍，被盗困疾卒。弥留一月前，顾谓王孺人曰："季吾孽也，授产勿垺两儿。"孺人唯唯。已则鼎分田庐者三，其平如砥，而独与仲子弘祖俱。

仲妇许氏亡，遗孤卯孙。孺人哺而教之。曾语子孙云："吾初嫁时，太翁临子舍，吾投龙眼于茗椀中。翁不怪曰：'田骏家，何用此为。'余愧谢，谨里而藏之。今两核具在，可念也。"孺人织布精好，轻弱如蝉翼，市者辄能辨识之。手种篱豆，秋实累累，日课卯孙诸婢于绿荫中，命曰"碧云龛"。收藤成束共榾柮煨之，命曰"长命缕"。好事者竞传以为佳话。性介静，妇女烟，视软语疾如仇。数通三党有无，而绝不喜巫觋见鬼人等。门风德矩，淡素可师。弘祖出门为万里五岳之游，不敢食酒啖肉。非特恐点山灵，要亦念母氏三十年辛勤饭蔬故也。

初甲子岁恶，粟价翔踊，孺人命弘祖岁蠲数十石以活饿人。曰："有本中征君故事在。"弘祖欲新别馆以居孺人。孺人摇手曰："不如甃墓碑，有征君以下之遗像遗文在。又不如更建君山庙碑，有宣德时张公宗琏之俎豆在。"弘祖应命如响，捐赀成之。孺人且曰："是皆行豫庵公意也。"

嗟乎！人亡而不亡者石，石亡而不亡者文。孺人布衣妇，乃知文章为可贵，而弘祖又能远叩名公，求以不朽其亲者，厥辞良苦。董宗伯七十余，亲志其墓而手书之。徐氏自征君到今，凡后先地上地下之文，总皆不愧郭有道碑矣。公得年六十，孺人寿至八十一云。

陈子曰：余曾笑陶侃之母，挫荐剪发以给范逵。夏孟宗之母，作十二幅被以招贫士。是皆教儿啖名耳。弘祖远游，非宦非贾，非投谒。而山水是癖，一奇也。独身而往，独身而归，一奇也。弘祖登华山之青柯坪心动，既抵舍，得视孺人汤药，含殓悉无憾，一奇也。方以外付之，弘祖听其膏肓泉石；方以内付之，亮采亮工两文学听其发冢诗书。孺人呗诵而外，百无与焉，一奇也。假令豫庵公在，度且为庞德公庞居士，岂愿孺人为夏母陶母乎？弘祖之奇，孺人成之；孺人之奇，豫庵公成之。可以传矣！可以传矣！

　　　　　　　　　通家陈继儒撰年家文震孟书

在晴山堂石刻中，陈继儒还写有一篇跋，是李东阳撰文壁书徐一庵墓志铭跋。全文如下：

江阴徐一庵先生，长沙李文正志其墓，文待诏书，后为之赞。自正德庚午及天启乙丑，凡历六帝矣。岁远放失，赖五代孙弘祖，百计购求，捐田三亩始得之。非一庵之积德，弘祖之纯孝，不落蠹鱼酒鸥间，便为太山无字碑矣！感重赞叹，题其后归之。

华亭陈继儒书

这是一篇跋，叙述了徐霞客"捐田三亩始得之"，说的是徐霞客遵照母亲的意旨，整理修缮了祖上的传志、碑刻，并以三亩田的代价，赎回了关于十一世祖徐颐（1422—1483）的一批文物，包括李东阳撰、文征明录的墓志铭，祝允明、文征明写的像赞、石刻等。

杨汝成（生卒年不详，活动于17世纪前期），字元玉，号云间史氏，松江华亭人。天启五年（1625）进士，与徐霞客族叔徐日升为同科进士。该名士在《松江县志·人物卷》中无记载，天启四年（1624）在晴山堂石刻中留有"秋圃晨机为徐太君赋"。诗文如下：

秋圃晨机为徐太君赋

晨风瑟瑟吹野香，豆花一亩秋阴凉。密叶青枝泫朝露，红芳翠英垂篱旁。君家阿母凌晨起，纬车独纺秋阴底。轧轧轻声露下鸣，万缕烟丝遽堪理。豆花时落隔秋篱，晨光欲上纬车移。手荷筠筐撷新英，日高炊饷卯孙饥。徐君骨相烟霞侣，域内名山游八九，仙洞常寻五色芝，归来为母流霞酒。

云间史氏杨汝成题

范允临（1558—1641），字长倩，松江华亭人。原居华亭泗泾，天启元年（1621）定居吴县，万历二十三年（1595）进士，官至福建参议。工书，与董其昌齐名。善山水，自跋其画云："余胸中有画，腕中有鬼。"在晴山堂石刻留有"为振之兄题晴山堂卷"，诗文如下：

> 南山晴云当户牖，青天削出芙蓉九。仙梦依稀感孝思，足躧云程归母寿。冰崖历尽到北堂，携得油囊一杯酒。彩服承欢豆棚下，豆实累累握成帚。袖中出献五岳图，阿母持觞开笑口。于今展卷追仙踪，果介期颐梦非偶。从此游缰不出山，依依陟屺循陔走。

范允临题

董其昌（1555—1636），字玄宰，号思白。署宗伯学士，松江华亭人。万历十七年（1589）进士，授编修，官至礼部尚书。行楷之妙，跨绝一代。其书对清代有极大影响。有《画禅室随笔》。天启五年（1625），受霞客之邀，为徐父母作墓志铭。全文如下：

明故徐豫庵隐君暨配王孺人合葬墓志铭

澄江以徐氏为望族，自其始祖本中以布衣奉高皇帝命使蜀，辞官归里，朝士高之，赋诗送别，为国初盛事。本中归而出粟赈恤，为德于乡，及其没也，当世名公，若魏文靖、王文端、胡忠安、叶文庄辈，皆哀挽铭诔，语无虚美，大书深刻，传播海内。大江之南，以碑板不朽先德者，繇徐氏风之也。数传而有豫庵隐君，及仲子弘祖，复能修本中之事，以高隐好义称。弘祖之母王孺人八十余违养，将归隐君之藏。胥蹈五百里，请予铭，予不忍辞。

按状：豫庵公名有勉，字思安，赠光禄丞柴石公之第三子。十九岁罹父丧，与伯季六人，以射覆法析产。公一再得正室，乃牢让于伯兄，而自处东偏之旷土。是时家已中落，与王孺人拮据俯息，竟复旧观。园亭水木之乐甚适也。或劝之以赀为郎，辄不应。盖公性喜萧散，而益厌冠盖征逐之交。即秦中丞、杨同卿、侯司谏皆周视相善，时访公。公固匿迹以疾辞，亦无所报谢。其雅致如此。中年伤足，不良于行。晚而为盗所苦，疾作卒不起，仅得年六十。

公有三子，伯仲皆王孺人出，而孺人常与仲子弘祖居。仲子好远游，所至必探幽穷胜，倾其独行嵚崎之士，然每结束行装，则有恋恋赵赵之色。孺人察其意，慰之曰：“吾幸健善饭，足恃耳。男子生而射四方，远游得异书，见异人，正复不恶。无以我为念！”故仲子足迹，几所谓州有九，游其八者。孺人成之也。

隐君不事纤啬，其蹶而复振，所拮据俯息者，靡非谋室之获，已多泛宅之游。孺人望衡筑室，令无垂堂虞。季子弘褆生，孺人字之不啻出入腹。隐君卒。先一月，谓孺人：“季，吾孽也。若受产，勿得视两儿。”孺人不以为治命。举田庐鼎分之。甲子岁祲，米斗百钱。孺人命仲子出粟以活饿夫，岁数十石。仲子念孺人所居湫隘，将改作，鸠材矣。孺人闻墓碑在风雨中，撤使甓而垣焉。又办祭田数十亩，倡族人享祀。常有所感愤，同冢孙质之青阳张氏。入门见其家无长物，有素风，则喜。见恭人躬纺绩，则又喜。既而计部君自拭藤床，恭人自进茗馔，益大喜。竟忘所白事归。归而疽发于背，俄顷竟尺。医云："是疽非愤极不成，非喜极不发。今发矣，当无恙。"后果然。其虚怀服善，识大体，学士大夫所难也。

孺人有两孙，以学成列黉序。孺人曾同仲子之子卯孙勖之曰："民生于勤，勤则不匮。今里媪之织者无数，而吾家特以精好闻。学犹是矣！"张山人复有晨机秋圃图，名公题泳殆徧焉。先是弘祖游华山，至青柯坪，忽心动，归而孺人示疾。自此依膝下，绝迹不出户。孺人八十，为征作者诗若文，以佐祝觞。迨乙丑，自春及秋，侍汤药，几废寝食，以身殉。孺人劳苦之曰："无为死孝，吾从而父已晚矣。"弥留之际，神识超然。令妻寿母不已兼之哉。嗟夫，隐君不喜冠带交，而孺人成其仲子，为振奇之士，多林下风。此如莱妇鸿妻，雅称偕隐，可以传矣。生卒姻娅之详具状中。

铭曰：布衣之豪动九阍，家声不泯余仍孙。市交虚满随朝昏，乘车戴笠气可吞。夫耕妇织素业敦，不为皋门为鹿门。幽人坦坦真足存，龙蛇既厄孤凤骞。善作善成贻谷繁，宝慈宝俭合道言。风雨如晦云电屯，半荣半瘁同一根。中分后合干将村，管彤灐灐照墓门。

赐进士出身、资政大夫、南京礼部尚书、前礼部左侍

郎兼翰林院侍读学士、实录纂修副总裁、经筵讲官董其昌撰并书

这里，还须补说一件重要的史料，现存唯一的徐霞客像原为华亭董其昌所绘，后由清咸丰壬子夏日吴俊摹董其昌原作而存世。

陈继儒、杨汝成、范允临、董其昌对应的是十七世徐弘祖，有徐母八十寿叙，十一世徐颐墓志铭跋、秋圃晨机为徐太君赋、题晴山堂卷、弘祖父母合葬墓志铭等。

石刻中的这些内容，今天已成了解徐霞客及其家世的重要文献，也是探索徐氏百年树人及徐霞客成才的珍贵史料。而对松江来说，则是了解本地历史人物，特别是将散落在各地的本地历史名人诗文墨宝收集起来、补充史料的一个重要渠道。

2010年是晴山堂石刻存世390周年的纪念之年，特写此文记之。

2010年1月初稿，2024年1月修改

徐霞客"西南万里行"起始点和起始段初探[5]

娄建源

明崇祯九年（1636）九月，徐霞客在佘山跨出了历时四年的"西南万里行"第一步。本文就其"西南万里行"具体的起始点和起始段水道做一初探。

一、徐霞客将佘山定为"西南万里行"的起始地

崇祯九年（1636）九月，徐霞客西南之游前，第五次来到佘山。他的《游记·浙游日记》中记载："二十五日上午始行。盖前犹东迁之道，而至是为西行之始也。"霞客自江阴出发，经无锡、苏州、昆山、青浦至佘山，并非由江南运河直达杭州，而是迂道东行至佘山，是特地来向陈继儒拜别的，可见他将陈继儒看得很重，也说明陈对他的"西南万里行"给予了很大的帮助和支持，徐无以回报，故将佘山定为这次西行之始地，这也是他所有游记中唯一注明是"起始地"的地方。

那么，这"起始点"的确切位置又是在哪里呢？霞客与结伴而行的静闻和尚是从西佘山北一起上岸并上山的，船上还有二位仆人和船工。明清时期佘山脚下有环山河道相通。（注：1930年前西佘山山顶建圣母大殿时，还没有上山公路，建筑材料都是从山前河的船上卸下，用人工扛上山顶的。）是否有这样的可能，在徐霞客与静闻和尚上山后，船工将船行驶到陈继儒隐居的顽仙庐下的山前河，这样，就无

---

5 原文首刊于2012年5月15日《新民晚报》B10版，并转载于《东方城乡报》（2012年6月1日B5版）、《时代报》（2013年5月14日第13版）。

须再回到原西佘山北处的河岸了，陈继儒送徐霞客也近了许多。由此分析，"起始点"应该在"眉公钓鱼矶"附近，这也符合霞客在《徐霞客游记》中记载的"三里过辰山"。如果出发地还是在西佘山北河道处，那离辰山就不止三里了。另外，霞客在记载中也没说明陈继儒是在哪里与他告别的，是在"顽仙庐"门前，还是在山前河"钓鱼矶"边？他仅用了"上午始行"这四字叙述。按一般常理"三里过辰山"的距离，应推断是在山前河"眉公钓鱼矶"附近，为两人告别的地方。当然，这仅是初探。

二、徐霞客"西南万里行"起始段水道初探

徐霞客在《游记·浙游日记》中记载："三里过辰山。又西北三里，过天马山。又西三里，过横山。又西二里，过小昆山，又西三里，入泖湖。绝流而西，掠泖寺而过。寺在中流，重台杰阁，方浮屠五层，辉映层波，亦泽国之一胜也。西入庆安桥，十里，为章练塘（其地为长洲南境，亦万家之市也）。又西十里，为蒋家湾，已属嘉善。"

按徐霞客当年的记载，他的"西南万里行"的起始段是坐船而行的。从东佘山出发，经过了辰山、天马山、横山、小昆山、泖湖和章练塘等，《徐霞客游记》记载中有山名、湖名、地名等，将这些山、湖、地名等串联起来，就是他的水上游线节点。但他并没有注明是走哪条水道。分析这一段，的确是有比较近的水道可入浙江。看来，他在出发前是做过功课的，或许是得到陈继儒的指点。而这几处山的山脚下在明清时期就有三官塘、佘山山前河、辰山塘、辰山市河、官塘、干山塘（马山塘）、横山塘（西段古称走马

塘)、泖湖、章练塘、俞汇塘等几条河道相连，是霞客西南行进入浙江境最近的水道。

当年，在没有卫星导航、网络手机的情况下，真不知他是如何做到的。从东佘山脚下的山前河出发，向西南行三里，过辰山塘进入辰山市河，过辰山；再经过官塘向西北入马山塘，即"又西北三里，过天马山"；再向南转入横山塘，即"又西三里，过横山"（注：这里的"又西三里"，应为"又南三里"）；后"又西二里，过小昆山"是经横山塘至小昆山；"又西三里，入泖湖"。松江（华亭）这一段记为14里。在当时没有里程仪器记数的情况下，这仅是霞客在船上经过各山时的估计数，由此认为，当年徐霞客对水路的推算"14里"，也是一个大概的估计。至于是从哪里"入泖湖"的？400年前的泖湖还很大，很有可能那时的泖湖东岸还在汤村庙古文化遗址与横山塘西河口一带。

现按原河道沿线的佘天昆公路加永丰路至汤村庙古文化遗址，测得实为16千米左右。从东佘山南大门出发，向西南行至辰山塘和辰山市河过辰山，为2.5千米；穿过官塘进入马山塘到天马山南累计为6.5千米；向南转入横山塘到横山累计为9千米；经横山塘至小昆山累计为12千米；经横山塘至横山塘西入口和汤村庙古文化遗址处，累计为16千米左右。

今这几条水道还在，只不过佘山山前河至辰山塘段由于公路桥的修筑，桥洞矢高低而无法行船，辰山塘与辰山市河因建辰山植物园，河道已断开。今沿着马山塘、横山塘这两条水道正好有一条"佘天昆公路"可沿河相伴而行，佘天昆公路再接永丰路可延伸到汤村庙古文化遗址为乡村道路。再向西跨过华田泾就是青浦境内的东长塘和邱张塘了。

当年霞客船入泖湖后是横渡泖湖，"绝流而西，掠泖寺而过"。据明正德十六年（1521）所撰《华亭县志》中所绘制的图示，泖岛北侧为圆泖，南侧为大泖，400年前泖湖的水位要比现在高出许多，而泖岛的面积也要比现在小得多。泖岛上的泖寺泖塔位于泖岛的南侧顶端，寺大门南正对着南侧的大泖。泖寺正名为澄照禅院，是一宗教建筑群，由大雄殿、关帝殿、观音殿、潮音阁和泖塔等组成，气势宏伟。泖塔还起着航标指示行船的作用。船入泖湖后的位置应该在泖岛之东，"绝流而西，掠泖寺而过"，这样才能领略到澄照禅院（泖寺）和泖塔的胜景。

古时，在圆泖和大泖相接处的西侧，有一东西向的大河与三泖相通，名为章练塘。《嘉禾志》记载，因有章、练二姓世居在此，因而得名。据光绪《嘉善县志》记载："（章练塘）在县东北二十五里，上承三白荡，东流入江南青浦界。"再向东入泖湖及黄浦江。"三白荡"是否就是现在嘉善北境内的东白荡、长白荡和白鱼荡的统称？《章练小志》记载："练塘长九里，南北衰六里，湖滨接荡，四面皆水，为吴越分疆之要点，淞沪西北之屏藩。"从这样的描述来看，似乎是个大湖荡。从地理位置来看，昔日的章练塘很有可能就是今俞汇塘西段的前身。

章练塘为古时三泖的一条支流，承接了淀山湖、太湖、汾湖三湖之水，东流十里，流经青浦时，人们沿着章练塘聚居而形成市镇，这就是今日的青浦练塘镇。章练塘是入浙的最近水道，现古"章练塘"已成平田，也不知泖湖口的"庆安桥"位于何处，横跨在哪条河上。而现在泖河西岸有一东西向的河道与泖河相通，名为东塘港，横穿练塘古镇，西侧为西塘港，东、西塘港有经过开挖、疏浚、拉直的痕迹，不知它的前身是否就是古时的章练塘。当年霞客在过了章练塘小镇后，应该是经章练塘向西进入嘉善的。如按现在的水道来看，有两条水路可行，一是转大港（注：当地河名），再转横山塘（注：当地河名），经俞汇塘向西进入嘉善；二是过章练塘小镇后经西塘港，再经无名河道转俞汇塘向西进入嘉善。

当然，沧海桑田，当时的水道与现在的已不一样了。从地理位置来看，古时的章练塘中西段很有可能就是今日俞汇塘西段的前身。为了证实霞客是不是经俞汇塘向西进入嘉善的，笔者曾去过嘉善的俞汇小镇。《徐霞客游记》记载中有"已属嘉善"的"蒋家湾""丁家宅"和"西塘"等地名，在经历了约400年后，有的原地名早已不复存在，当地的老人告诉我，在今俞汇塘附近有意思相近的地名，如"蒋汇圩""蒋湾"和"丁栅"等，不知是不是古地名的现代称呼。为何要认定霞客的船是走俞汇塘的？这是按《徐霞客游记》中记载，"过二荡，十五里为西塘，亦大镇也"。这"二荡"，应该就是指北祥符荡和南祥符荡了，俞汇塘向西是直通这"二荡"的，且俞汇塘和古时的章练塘相似，还承接着太湖、汾湖之水。当然，这仅是"初探"，并不十分确定。

三、"霞客西南万里行上海古水道"

从东佘山至俞汇塘青浦段间的这几条河道，今属上海市松江区和青浦区，全程30千米左右，其中松江段（佘山镇、小昆山镇）为16千米左右，青浦练塘段为14千米左右。这段水路按当时的所辖地可称为"徐霞客西南万里行松江（府）起始段水道"（为华亭县和青浦县境内）。按现在的所辖地可称为"霞客西南万里行上海古水道"（为松江区和青浦区境内），简称"霞客上海古水道"。

2012年3月24日初稿，2024年1月20日改写

"徐霞客精神"的分析与当代意义

娄建源

徐霞客是明末地理学家、大旅行家和文学家,一生中有30年时间是在旅行和考察,著有60万字的《徐霞客游记》。他一生远离科举,不为仕途。他矢志远游,探究山川奥秘。22岁始游,出游30年,到达过21个省、区、市,以探究山川走向和江河源头为目的。

那么,是什么信念、什么力量、什么精神,支撑他这样去做的呢?从他的一生和《徐霞客游记》中所记的内容来看,可归纳为四种精神:一是热爱祖国游历大好河山的亲历精神;二是读书学习中不唯经典具有独立思考和敢于纠错的务实精神;三是在探索考察中笃行求真的科学精神;四是考察中不畏艰难的献身精神。这充分体现了"徐霞客精神"的博大精深内涵。

虽相隔了380多年,但其精深内涵至今仍符合社会主义核心价值观建设的需要,"徐霞客精神"可以给当代人以深刻启示和巨大鼓舞。当然,如何看待"徐霞客精神",我们不能离开徐霞客当时所处的时代局限,也不能用当代的社会标准或规范来衡量380年前的徐霞客。

精神之一: 热爱祖国,游历山水

徐霞客热爱祖国的表现,就是用毕生的精力去游历和考察祖国的山山水水。他的爱国思想,也是受其祖父、父母的影响。

　　徐霞客的曾祖父徐洽和祖父徐衍芳生活在嘉靖年间，时值东南沿海倭寇猖獗，江阴也遭骚扰，徐洽父子在家乡积极发动绅民进行抗倭斗争。他们颂扬宋末抗元英雄文天祥和江阴抗倭知县钱錞的民族气节和爱国精神，出资修城，训练乡兵，多次要求官府派兵前来。徐洽父子的抗倭言行，是霞客先祖爱国主义精神的表现，对徐霞客有很大影响。

　　徐霞客的父亲徐有勉，是个洁身自好、自负亢直的布衣之士。其祖父徐衍芳亡时其父亲有勉才19岁，鉴于父祖科场悲剧和明末社会政治腐败，不再应试，摈绝仕途之念；也不希望儿子醉心功名，他既无意功名利禄，也"不喜冠带交"，兴趣在于园林与山水之间。中年后遭盗抢身受重创，不久病故，年仅60岁。徐有勉去世之时，徐霞客年仅19岁，家庭的不幸遭遇铭记在他的心中，父亲的性格爱好也深深地影响着他。

　　徐霞客母亲王氏在丈夫早亡20年的情况下独立撑持家庭，卓具见识，鼓励霞客远游，实在是位"奇母"。当霞客受"父母在，不远游，孝子不登高、不临深"的古训束缚时，徐母鼓励霞客："有志四方，男子事也。"她对圣人所谓"父母在，不远游"做了新的解释，认为只要父母儿女相互理解信任，远游未尝不可，不必牵挂自己，这种精神境界是非常不易的。

　　徐霞客遵照母亲的意旨，整理修缮了祖上的传志、碑刻，并以三亩田的代价，赎回了关于十一世祖徐颐（1422—1483）的一批文物。霞客筑"晴山堂"，将名人题诗、撰文图画，请良工用石刻的方式保存下来，就是为了表彰先辈、教育后人。这既是他爱家族的表现，也是对有造诣、有知名度的文化名人的敬仰和崇拜，是他爱国的具体表现。

一个人，如果连自己的祖辈、家族、知名人士都缺少敬仰，又谈何热爱自己的祖国。爱国首先要从爱家、爱祖辈、爱家族做起，缅怀祖先、敬仰祖辈及传承和发扬先辈传统，是徐霞客一生执着的努力。

爱国不是口头上说说，而是要付之于行动。翻开任何一页游记，徐霞客对祖国山河大地、历史文化的灼热感情，是《徐霞客游记》巨大的魅力所在，也是徐霞客爱国主义感情的突出方面。他在《游记·游天台山日记》开篇中有"人意山光，俱有喜态"的描写，霞客的自我内心情意与山川风光是那样和谐、充满着"喜"的神态。在《徐霞客游记》中就体现着此种"喜态"。正因为霞客之"人意"具有"喜态"，所以他无往不适、无往不乐。这足以反映霞客勇于探险、笃行求真、致力拓荒的自豪、乐观与快慰的"喜态"！

徐霞客的爱国主义还表现在另一个重要方面，那就是不时充溢于字里行间的一种深刻的忧患意识。特别在徐霞客旅行生涯的后期，在西南边陲的旅行中，表现得尤为突出。我们看到，无论是民间疾苦、边防安危，他都时时系于心头。在滇西屏藩腾越州，他以一个月零五天时间考察州城南北，孜孜考索腾冲八关、三宣的地形和防务。在《江源考》中他分析金陵形胜，认为留都金陵可为明王朝的"千载不拔之基"，也包含着为岌岌可危的朱明王朝预留地步。尽管长期在旅途中的徐霞客当时不可能认识到朱明王朝的覆灭，已不是任何形胜所能挽救的了。这忧患意识，正是中国知识分子的一种传统美德。传统的儒教熏陶，造就了知识分子的入世情结，表现在徐霞客身上，是一种关注公共利益的忧患意识，大到边政，中到"千载不拔之基"，小至物产、物价，他都一一著录，用今天的话来说，就是关心民间疾苦、国家的兴衰存亡。论述徐霞客的爱国主义精神，毫无疑问应包含这样一种入世情结、忧患意识，这和他对东林党人的支持、对魏忠贤之流的憎恶，完全一致。

自觉的精神力量也就是正确的人生观、价值观，是一个人不可或缺的精神支柱。如果物质生活提高而心灵空虚，那么，精神就不足以"养活"肉体，就必然流于颓唐和堕落。是个什么样的人，就看他情之所钟、行之所归是什么。徐霞客自幼蓄志"问奇于名山大川"，不愿"以一隅自限"，不愿做科举、功名利禄的奴隶，这样一种对传统规范的突破和叛逆，本身就具有强烈的反封建意义。爱因斯坦说过，一个人对社会的价值，首先取决于他的感情、思想和行动对增进人类利益有多大作用，这是一个公正、客观的尺度。古往今来，真正为科学进步、社会发展做出过贡献的人们，都经得起这样的衡量。当今的爱国主义，就是要看我们这代人做了什么、做成了什么。

精神之二：不唯经典，思考纠错

徐霞客自幼"特好奇书，博览古今史籍及《舆地志》《山海图经》"等，在读书中有自己的独立思考，并带着疑问去实地考察，纠错。徐霞客小时候曾说："丈夫当朝碧海而暮苍梧，乃以一隅自限耶？"后又痛感"山川面目，多为图经志籍所蒙"。实言图经志籍没有真实地反映山川的面目，故而他笃行求真，其旨在于纠讹。他的旅行生涯，如以一言蔽之，就是志在破"蒙"！

徐霞客的旅行考察，事先也是做足了功课，那就是看了大量的志书和名著，是有备而行的。《徐霞客游记》中记载，他在湘江遭遇强盗抢劫，随身携带的志书被强盗连船焚烧了，不得不在旅途中再去购买有关的志书。

《大明一统志》说，"宕（雁湖）在山顶，龙湫之水，即自宕来"。霞客在雁荡山云静庵听清隐和尚说"湖（雁湖）中草满，已成芜田"。但那年（1613）四月，霞客的雁荡之行未能证实《志》说与和尚所述。直到壬申年（1632）四月，即在上次考察雁荡19年之后，霞客重上雁荡山考察，终于厘正了《志》"说"和口"传"，雁湖在"山顶"，但路并不高峻，其水分流南北，但与"大龙湫（之水）风马牛无及"。雁湖"积水成芜，青青弥望"，但未"芜"成"田"。得此结论，足见他致力求真的坚毅。

古人说九疑山"山有九峰，峰各一水，四水流入南海，五水北注于洞庭"。此说本是错误，后又传讹为"三分石"分水"东南之水下广东，西南之水下广西，西北之水下湖广"。霞客甘受10多天暴雨狂风，跋山、洞宿、忍寒、挨饿等，终于弄清所谓"三分石"分水而出三省者，实际上是"石分三岐"——上部分叉为三峰的一座灰岩峰丛（连座峰林）。三分石下流的水：一支流东北，为潇水之源；一支流正东，为峁水之源；一支流东南，为（潇）水之源。并指出水之所以不到两广，是因为中有萌渚岭等间隔不流。这是对"分水入楚粤"之说的厘正，是他考察的重大收获。

霞客在滇游至戈家冲西界，发现"并峰诸涧之流，皆为白石江上流之源矣"。白石江"源短流微，潆带不过数里之内"。然而当年沐西平曲靖之捷，却以"夸为冒雾涉江，自上流渡而夹攻之，著之青史，为不世勋"。而事实呢，白石江与"坳堂无异也"。那"青史"小小的夸张之笔，霞客却不轻易放过。霞客厘正讹误的精神，我们也可于此细微处见得。

霞客经过"目搋足析"，实地考察，溯流探源，纠正了《大明一统志》的几多误载：澜沧江与礼社江不合流；碧溪江是漾濞河之下流；枯柯河是流入潞江而不流入澜沧江；而《徐霞客游记》中的《盘江考》，就是考证了南北二盘江分流千里后会于贵州合江镇等。

《徐霞客游记》中所附的《溯江纪源》（又名《江源考》），是对《尚书·禹贡》"岷山导江"说的纠讹厘正。《尚书》是经书，尽管《海经·海内经》有"有巴遂山，绳水出焉"之说（绳水，即长江正源金沙江），但后世学者、志籍图经莫不囿于"岷山导江"之定论，不敢背经违圣，无不"为圣人讳"。说金沙江是长江之正源，虽并非霞客考察时首次发现、立说，但他敢于直言不讳地指出"推江源者，必当以金沙江为首"。这是霞客敢于摆脱经书、尊重客观真实的可贵胆识。对奉为经典的《禹贡》中的长江是由"岷山导江"的旧说给予了纠正，提出金沙江才是长江的正源，被誉为中国地理学的重大贡献之一。

在当代，一些正式出版的书籍中同样也会出现这样那样的问题，如记载不详、颠倒不实、方位误差、"张冠李戴"、引用不妥、理解错误、错字别字等。这就需要我们在阅读中要有独立思考，勇于纠正。

精神之三：科学考察，笃行求真

霞客在勇于探险、笃行求真上，致力于地理学的拓荒，在我国第一个开辟了"有系统地考察自然、描述自然的新方向"；在世界上最早系统考察研究石灰岩溶地貌（喀斯特地貌）。《徐霞客游记》是世界上第一部广泛系统地探索和记载岩溶地貌的地理巨著。

岩溶地貌十分发达。霞客西南万里遐征时，对湘、粤、黔、滇的岩溶地貌做了实地观察、忠实描述、认真比较，最终得出了规律的认识。

明确岩溶地形分布区的范围。他在《游记·滇游日记二》记载："盖地丛立之峰，西南始于此（云南的罗平），东北尽于道州，磅礴数千里，为西南奇胜，而此又其西南之极云。"这范围与实际非常符合。

划定岩溶地貌区域。霞客在《游记·滇游日记二》中又道："粤西之山有纯石者，有间石者，各自分行独挺，不相混杂。滇南之山，皆土峰缭绕，间有缀石，亦石不一二，故环洼为多。黔南之山，则于二者之间，独以逼峰见奇。滇山惟多土，故多壅流成海，而流多浑浊，惟抚仙湖最清。粤山唯石，故多穿穴之流，而悉澄清。而黔流亦界于二者之间。"描述概括是何等明确。

判断岩溶地貌的差异。霞客在《游记·楚游日记》中写道："自冷水湾来，山开天旷，目界大豁，而江两岸，嗷水之石，时出时没，但有所遇，无不赏心悦目。盖入祁阳界，石质即奇，石色即润。过祁阳，突兀之势，以次渐露，至此而随地涌出矣。及入湘口，则耸突盘亘者，变俏竖回翔矣。"

《游记·粤西游日记一》中又写道："（阳朔）佛力司之南，山益开拓，内虽尚余石峰离立，而外俱绵山亘岭，碧簪玉笋之森罗，北自桂林，南尽于此，闻东以下，四顾皆土山，而巉厉之石，不挺于陆，而藏于水矣。盖山至此而顽，水至此而险也。"《游记·粤西游日记二》中也写道："自柳州府北北，两岸山土石间出，土山逶迤间，忽石峰数十，挺立成队，峭削森罗，或隐或现，所异于阳朔、桂林者，彼则四顾皆石峰，无一土山相杂，此则如锥处囊中，犹觉脱颖于异耳。"这对柳州、阳朔、桂林的地貌描述十分确切。

厘定岩溶地形的许多名词。诸如石山、落水洞、峰林、峰丛、枯涧、盘洼、天生桥、海子等数十种。它们各具特点，准确地反映着客观地貌的个性。这些名词至今仍然使用着。除地貌外，在水文、生物、人文地理等方面，霞客在科学上都有所拓荒、有所发现、有所贡献。试想霞客如不经实地探索、仔细观察、忠实描述、认真比较，怎能得出合乎客观规律的认识、开辟地理学研究的新方向呢？

霞客的一生，是献身科学的一生。在当时历史条件下，他考察山水幽奇、奥秘，能摒弃宗教神学的自然观和认识论，具有难能可贵的科学精神。

《游记·楚游日记》中记载：霞客到达湖南麻叶洞，欲请人做向导进洞探索时，就有人说"此中有神龙"，有人说"此中有精怪，非法术者，不能慑服"。后来以高价请得一人做向导，但当那人得知霞客原不过是个读书人，没有法术，又惊恐而出，并说："予以为大师，故欲随入，若读书人，余岂能以身殉耶！"霞客没法，只得与顾仆两人持火把入洞探察。

当时，从四面围来数十人，聚在洞口，既是看奇，也为主仆两人生命担心。霞客和顾仆持火把进洞后，钻过低一尺、阔也只有一尺的两个关口之后，就看到了奇景："乱石轰驾，若楼台层叠"，"光由隙中下射，若明星钩月，可望而不可摘也"；"两壁石质石色，光莹欲滴，垂柱倒莲，纹若镂雕，形欲飞舞"；"玉柱圆竖，或大或小，不一其形，而色皆莹白，纹皆镂刻……"霞客以为"此衕中第一奇也"。主仆两人怕火把用尽，不得已仍循原路经二道"关口"，背腹腰贴，蛇伏而出洞口，顿觉"若脱胎易世"。那些守候洞口已久的乡民看着霞客和顾仆活生生地从洞里出来，有人说："前久候以为必异物，故余辈欲入不敢，欲去不能，兹安然无恙，非神灵慑服，安能得此？"霞客向乡民致谢不已。

霞客探察麻叶洞后说："余所见洞，俱莫能及！"并说，"其底砂石平铺，如润底洁溜，第干燥无水。"在找见"复石低压，高仅尺许"的洞底（原先的地下河槽）后判断说："此必前通洞外，洞所从入者，第不知昔何以涌流，今何以枯洞也？"对麻叶洞形成于往昔地下水活动作用的判断是正确、可贵的。是霞客的勇敢无畏，毅然入洞，否定了"神龙""精怪"的存在，把洞中幽秘告知世人。

霞客驻足衡阳郡时，闻有人说：二月二十五日"神农""黄帝"出世下界来了!当地"小民"(霞客实指一些愚昧乡民)一听就深信不疑,且又广为传说……至二十五日,焚香点烛、叩头求拜的人就更多了,直闹得衡阳满城空巷,万人腾哄。对此,霞客说了一句话:"愚民之易惑如此!"这自然是愤世嫉俗的话。霞客不信"愚民"信奉传说中的"神农""黄帝",这自然是唯物的认识。

霞客粤西游至北流,当地广为传说"北流之东十里为仙区,西十里为鬼蜮"。那"鬼蜮"又称"鬼门关",且有谚云,"鬼门关,十人去,九不还"。霞客经多方考察,知"鬼门关"地处"颠崖邃谷,两峰相对""石峰排列"之中。据此断言"十人去,九不还"是由于该地"多瘴"。至于"仙区",实无"多瘴"也。霞客推断切实。尽管霞客有"悔"于"不能行其中,一破仙、鬼之关",但他所做出的推断,已足见其"破"仙鬼之关的胆识。

霞客游龙洞,由一道人燃炬引至一深潭处,即见潭中之水,深不可测;投石入潭,顷刻波息,初觉此潭而得"龙洞"之名倒也实在。不久,炬熄烟消,光浮水面,道人"神以为怪光使然"。霞客解释道,那是"穴影旁透",并非"神"的作用。道人问:"昔人结筏穷之,至其处,辄不得穴,安所得倒影?"霞客继续解释道:"此地深伏,虽去洞顶甚遥,然由门南出,计去水洞不远,或水洞之光,由水中深映,浮筏者但上瞩,不及悟光从水出耳。若系灵怪,岂有自古不一息者哉?"霞客以折光科学原理来解释"穴影旁透"形成的奥秘。

霞客在老鸦关之西的茶庵,见一泉水溢于路的两边;

路边有碑，题为"甘泉胜水"。据说明嘉靖年间有位和尚在此施茶，但由岭下汲泉颇为困难。有一天，和尚清除地面而得泉，于是有"泉神赐"之传说。据此霞客分析，"清除地面"可能是引岭上的细流而至碑亭边，从而方便了汲泉煮茶的施众信徒。如果说是神赐"甘泉"，那是违于事实的。霞客说"甘泉"为和尚引来，也就破除了神赐之说。霞客所做的分析，旨在不信有"神"。

霞客不信怪诞神诬，但他有时又参禅叩佛，并说"积行"能"通神"，"佛无诳语"之类。这是时代的局限，我们也就不能苛求于他了。

在当代，随着科学的发展、科技的进步，许多古人不明的现象都能得到科学的解释，但并不等于没有问题了，新的问题也在不断地出现，有的至今也无法解释，还需要我们去不断地探索。

精神之四：艰难探险，勇于献身

徐霞客成功的秘诀在于坚韧不拔的探险精神。30年的旅游考察探险，也就形成了他独特的乐观风格，这正是他探险精神的重要组成部分。

关于探险精神，霞客有过自我表述。当他开始西南遐征之前曾写信给至友陈继儒说："……弘祖决策西游，从牂牁夜郎以极磻门铁桥之外，其地皆豺嗥鼯啸、魑魅纵横之区，往返难以时计，死生不能自保……漫以血肉，偿彼险巇。"这一"偿"字，体现着霞客自觉、乐观的探险精神。

徐霞客身许山水，是他出于内心、理想的追求，是他自由生命的表现，所以他在雁荡山几乎坠入千丈深谷，在湘江险为盗劫丧命，在云嵝山几入虎口，在黔途差点为叛逆土司所害……他的旅行一路艰险，危及生命，但他无不乐观、自如，"惟望峰按向而趋""吾探否胜"。

读《徐霞客游记》开篇作《游天台山日记》，文中详细记载了霞客游石梁飞瀑时的情景，"停足仙筏桥，观石梁卧虹，飞瀑喷雪，几不欲卧"，"雷轰河颓，百丈不止"。这石梁顶部约0.3米宽，7米多长，2米多厚，两端下削，中央隆起如龟背。泻下的溪水经过三折下坠，注入石梁下便不见了踪影。这石梁，感觉在此俯身下望都让人害怕，可当年霞客竟会走上石梁，一直走到石梁的另一头，因对面大石挡住才折返。"从梁上行，下瞰深潭，毛骨俱悚。"可见霞客的探险魄力。

在徐霞客旅行途中，风雨寒暑、山水天险、蛇虫猛兽等自然险阻，随处可见，不一而足。但是霞客不把远游险途视为畏途，而是艰难跋涉、不辍游屐，令人敬佩。

霞客游皖南黄山，时在隆冬，大雪纷飞，从慈光寺向上石级为积雪所平。是那"群峰盘结，天都独巍上挺"在向他招手，便奋力上攀，愈上积雪就愈深，且阴处之雪已结成坚冰，光滑难以立脚。他只得"持杖凿冰，得一孔，置前趾，再凿一孔，以移后趾"，以此法而一步步地登上了天都、莲花，观赏到壮丽的秀色。

《游记·楚游日记》中记载：霞客寻紫云、云阳诸山之胜时，"浓雾犹翳"，及至峰顶，"竹树蒙茸，紫雾成冰，玲珑满树，如琼花瑶谷，朔风摇之，似步摇玉珮，声叶金石"。但他无视"朔风""成冰"，却反而因在此见到迷人的冬天景色而喜悦。

霞客在湖南永州时，正是山地苦旱。此夜"五鼓，雨大作"，《徐霞客游记》中喻为"甘霖"。至天亮，大雨仍是不止。他"持盖草履，不以为苦也"。此不言为"苦"，实以为"乐"！霞客"乐"于农民喜得"甘霖"，远游考察遇雨，何得言"苦"！

《游记·黔游日记》中记载：霞客到达贵州独山时，是夜雷雨大作，且彻夜不止。到次日，大马尾河水暴涨，欲渡不能。后见有人赤身渡河，水没平胸，一时有"望洋之恐"。为赶路探胜，便决意"解衣泅水而渡"，暴涨汹涌的河水，也未能挡住他的步伐。

《游记·滇游日记八》中记载：霞客游大理附近的清碧溪，由荆棘中的小路入峡，后蹑峻凌崖而至一潭，"广二丈余，波光莹映，不觉其深，而突崖之槽，为水所汩，高虽丈余，腻滑不可着足"。霞客欲蹑"槽"而上，一不小心，双脚一滑，坠入潭中，水没至颈，幸得赶快跃出水面，得以脱险。他爬上石背，绞干衣裤，继续攀崖而上。

《游记·滇游日记九》中记载：霞客自热水塘之东而南去雅乌（云南腾越境内），后经杨桥时忽见有洞东向，便手足上攀，岂知层崖之上极为尖削，竟连脚也难站，只得拉住草根继续上攀。后连"草根亦不能受指，幸而及石，然不亦不坚，践之辄陨，攀之亦陨，间得少粘者，绷足挂指，如平粘于壁，不容移一步，欲上既无援，欲下亦无地"，霞客叹"平生所历危境，无逾于此"！霞客"平粘于壁"久之，才"先试得其两手两足四处不摧之石，然后悬空移一手，随悬空移一足，一手足牢，然后悬空又移一手足，幸石不坠，又手足无力欲自坠，久之，幸攀而上"。上攀既是如此艰险，那么怎么下至山麓呢？"亦惧悬崖无路，然皆草根悬缀，遂尘而下坠，以双足向前，两手反而后揣草根，略逗其投空之势，顺之一里下，乃及其麓。"等到他与顾仆相见时，真感到有"更生"那样的愉快！

在蛇虫走兽的面前，徐霞客同样显示了无畏直前的勇气。

《游记·粤西游日记九》中记载：霞客考察广西的真仙岩，"宛转奥隙，靡不穷搜"。在石头之下发现"巨蟒横卧，以火烛之，不见首尾，然伏而不动"。他与导游参慧和尚于巨蟒的背上跨过去又跨回来，无惧于该蟒之"巨"。

霞客夜宿寒山洞。此洞"多蚊"，他不以为愁，亦泰然"遍观洞中"。《游记·楚游日记》中记载：霞客楚游至云嶙山，是山"豺虎昼行，山田尽荒，佛宇空寂，人无入者。每从人问津，俱戒莫入"。然而，霞客毫不为惧，偏向虎山行！当地山民召集三四人持棍棒、猎枪等护行，待至一石崖，见有一洞如门，指言"此虎窟也"，并说从来采柴的人是没有敢进去的。霞客听而不惧，唯觉云嶙山山色如画！

霞客几十年的探险，所遇种种恶劣的自然条件，无论流洪山地，无论走兽毒虫，都无所畏惧，无所滞驻，几十年如一日，"吾守吾常，吾探吾胜"。如今对于霞客当年所记载的种种自然条件，在300多年后，经学者实地核勘，大多无误，由此亦成为可贵的地理生态史料而列入祖国的文化宝库。

综观霞客30年旅游探险，途穷不忧，行误不悔，遇盗不丧，饥饿不馁，寒暑不惧，风雨不阻，一心探索山水奥秘。霞客探洞必彻底，攀峰必登顶，测流必觅源，访古必考实，识物候，必究事理——他力求在探险中搜剔山水幽秘。查《徐霞客游记》中，单就考察的岩洞就有350多个。他在粤西游时考察"重闼险巇，骇心恫目"的青（珠）洞，则"去衣赤体，伏地蛇伸"连进三"窍"（孔穴），终见其奥秘。冒着沛然大雨寻访红旗岩，"往返者数四"，后才见其洞之"幽"景！在广西天等县，他爬过架在大树、峭壁间的"宛转十四层梯"后得见向武、龙英一带人民据以逃避叛逆土司之祸的"秘"处。

"鹤庆度大脊而西，盘旋西南者半载，乃度此脊北返；计离乡三载，陟大脊而东西度之，不啻如织矣！"若问霞客于大脊间冒寒暑，触风雨，饥渴顿路，往返"如织"何为？答案只有一个：探险而搜剔地貌、水文、人文地理等幽秘。

山川之奥秘，都在于危险处。霞客不遗余力之搜剔奥秘，所遇之险阻不可胜数，但都能征而克之。《徐霞客游记》是霞客探险，搜剔大地山川奥秘的科学地理巨著，它正因此而被列入世界文化之林。

据《徐霞客游记》中前后记载：徐霞客的西南行也遭到了种种人为的不测，刚开始时他与静闻和尚、仆人顾行、王二，四人为一小团队。进入浙江富阳西境与桐庐北境交界处的太平桥时，仆人王二因吃不了路途遥远之苦而逃走。在湖南湘江又遭土匪抢劫，静闻和尚遭受重伤，至广西南宁时因伤过重去世。到了云南鸡足山后，仆人顾行又因思乡心切，偷了徐霞客的钱财也逃走了，仅剩他孤身一人，且双脚有疾不能行走。身边的人给徐霞客的打击是很大的，但他就是靠着献身的精神支撑着。

徐霞客的挚友黄道周，曾写过七言长诗一首，中有"乃欲搜剔穷真灵，不畏巉岩不畏死"之句，它极为形象而准确地概括了徐霞客为求真知而置生死于度外的顽强精神。综观徐霞客的万里远游，一路上风雨寒暑、山水涉险，经常绝粮断炊，还不时有兽怪之扰……种种艰难，难以尽说。徐霞客却把这一切踩在了脚下，对追求山水真知执着如一，并以此为乐，亦以此自豪。这种令人称奇的探险精神和奋斗意志，成为一代"奇男子"（陈继儒语）的生动体现。

今天，我们学习徐霞客精神，就是要将爱国主义精神落实到具体的行动上，而不是空喊口号，要去实践；要在读书学习中善于理解掌握，独立思考并质疑、敢纠错；要在科学探索中寻求真理、发现真谛；要勇于实践，不畏艰难险阻，不怕牺牲。

2022年9月

从徐霞客与陈继儒交往管窥晚明江南士人生态

马文辉

据徐学专家、学者考证，徐霞客曾五次前去松江拜访陈继儒：分别为天启四年（1624）、天启五年（1625）、崇祯元年（1628）、崇祯四年（1631）和崇祯九年（1636）。陈继儒称赞徐霞客为"奇男子"，并亲为其题送了"霞客"雅号，还为徐霞客母亲题写寿文。第五次拜访，即徐霞客西行之前，眉公又单独作书给云南丽江木增，鸡足山弘辩、安仁等诸好友，使徐霞客在云南近两年的考察活动进行顺利，获得成功。徐霞客与陈继儒的友谊真挚、永恒，直至两人先后病故。为何两人能结下如此深厚的友谊？回答这个问题，先要了解一下陈继儒和徐霞客两人的生平特点。

陈继儒（1558—1639），字仲醇，号眉公，也作麋公，又号白石山樵，明嘉靖松江府华亭人，隐居小昆山、佘山。著名文学家、书画家，泰州学派重要人物。他幼颖异，工诗文、善书画、嗜弈棋，得同郡徐阶器重。长为诸生，与董其昌齐名，三吴名士争着要和他结为师友。29岁时他焚弃儒衣冠，绝意仕进，隐居小昆山之阳，专事著述。无锡顾宪成讲学东林书院，聘请他去，也被他婉言谢绝。

后因其母葬于辰山，遂移居东佘山，建"顽仙庐"。每天有人前来求赐诗文，客常满座，片言应酬即能满意而去。闲时则与僧道等游，尽情胜迹，吟唱忘返。董其昌特筑"来仲楼"，请他去居住。他先后多次被推荐，朝廷下征诏令，都以病辞，有"山中宰相"之称。于是"眉公"之名，倾动全国，远及少数民族土司等，皆求其词章；近而酒楼茶馆，悉悬其画像。陈继儒以"隐士"高名，周旋于大官僚间，时人颇多讥评。但他对地方利弊、人民疾苦，确实多有建言。如阻止当局搞扩建郡城的大工程，请求免除县民缴解王府禄米的徭役等。他还曾主纂崇祯《松江府志》，评批《西厢记》《琵琶记》《绣襦记》等，并善鼓琴，订正琴谱，名重一时。

陈继儒往来之学者、官绅中有晋宁的唐泰，丽江纳西族首领木增，鸡足山名僧弘辩、安仁等，而最与他投缘的是徐霞客，以及天启年间重要的文学家、散曲家施绍莘。

徐霞客（1587—1641），名弘祖，字振之，号霞客，明南直隶江阴南阳岐（今江苏江阴）人。我国古代杰出的地学家、旅行家、游记文学家。他以一介布衣，不受朝廷派遣，不负宗教、政治使命，不以经商获利为目的，从22岁到55岁30多年间，"驰骛数万里，踯躅三十年"，游览名山，考察大川，搜奇览胜，探险寻幽，游历了祖国相当于现今近20个省、市、自治区，攀登140多座大山，行程10万余里，在十分艰险的条件下，他一面旅行考察，一面坚持"排日为记"。实属"亘古以来，一人而已"。明代董其昌评赞："仲子好远游，所至必探幽穷胜，倾其独行嶔崎之士。"

江阴梧塍徐氏百年科场角逐，接连失利落榜，酿成了连续五代人的夭折，传至徐霞客父亲徐有勉，从中得到感悟，在父祖死后，决心终止科场仕途，彻底摆脱科举羁绊，和其妻经营耕织，恢复家业，使家业衰而复振。徐霞客继承了父亲摒弃科举、勤俭治家、耕读为业和好学不倦的家风，"童时出就师塾，矢口即成诵，搦管即成章……又特好奇书，佗博览古今史籍及舆地志、山海图经以及一切冲举坑蹗之迹，每私覆经书下潜玩，神栩栩动"（陈函辉《徐霞客墓志铭》）。徐家丰富的藏书和好学好奇的品格，让他走上了一条积极探索大自然奥秘的科学考察的道路。

综上可见，陈继儒和徐霞客有着共同的志向、旨趣和喜好，两人皆厌恶功名科举，崇尚自然山水，追求个性的舒张和特立独行的狂放。志趣相投、彼此敬重，让两人成为"忘年交"。

明代后期是朱家王朝日趋没落的年代，自万历帝神宗朱翊钧即帝位后便逐渐走向衰落，政治黑暗，仕途壅滞。权臣之间钩心斗角，互相倾轧，国家纲纪不振，法令大多废止不行，宫廷辅臣之间苟且姑息，不愿进谏直言。而且边患不断，连年增派兵马，修筑城堡，巨大的军费开支使本已捉襟见肘的国库更是到了"三空四尽"的地步。全国干旱、虫灾、水患连年不断，人民穷困不堪，怨声载道。各地农民揭竿而起，发展迅猛，尤以李自成领导的农民起义声势最大。而朝廷官宦之间权力争斗也越演越烈，昏庸无能的皇帝不理朝政，魏忠贤为首的阉党乘机专权，乱政祸国。由此引发了长达半个多世纪以东林党人为主要代表的一大部分正直官吏与皇族、勋戚及一帮权臣贪官、阉党集团之间的激烈斗争。

另外，商品经济的勃兴、社会对传统儒学的偏离，使整个社会呈现出不同于前代的新现象，这些在江南地区表现尤为突出。所有这些对士人群体的心态、价值观念、社会交往行为等产生了极大的影响。特别是这一时期士人数量的激增与科举承载力的有限性存在无法调和的矛盾，造成江南士人壅塞的局面，而政治的黑暗也消弭了士人科举入仕的热情，传统儒学对士人或"兼济天下"或"独善其身"的要求受到挑战。士人在政治功能得不到彰显的无奈中，开始寻求文化的创造，使文化功能进一步得到发扬，促成了中晚明江南社会文化繁荣的局面。

由于政治职能的弱化，晚明士人转为寻求文化功能的张扬，以此获得社会价值的承认和自我价值的体认，这就需要社会和他人的认同，而在社会交往中其所展示出的才情及文化创作则是其获得认同的关键。为此，中晚明江南士人非常重视社会交往活动，士人"奔竞成风"，游走天下，到处结交显宦名流，社会交往活动空前频繁。并且，士人还结成了各种社团，通过结社、讲学等群体交往形式，游学、宴饮、品茶等个体交往方式，广泛地活跃于社会之中。

明中后期士人从儒家所倡导的内圣外王的人生目标转向自我内心的情感体验，追求一种崇尚率性而为的生存形式，追求一种自然、浪漫、舒放、旷达、宜情的生活状态。陈继儒有曰："山居胜于城市，盖有八德：不责苛礼，不见生客，不混酒肉，不竞田产，不闻炎凉，不闹曲直，不征文遁，不谈士籍。"又曰："山中有三乐：薜荔可衣，不羡绣裳；蕨薇可食，不贪粱肉；箕踞散发，可以逍遥。"又曰："闲居之趣，快活有五：不与交接，免拜送之礼，一也；终日可观书鼓琴，二也；睡起随意，无有拘碍，三也；不闻炎凉嚣杂，四也；能课子耕读，五也。"

徐霞客留有《题小香山梅花堂》诗曰："幻出烟萝傍玉京，须知片石是三生。春随香草千年艳，人与梅花一样清。混沌凿开云上下，崆峒坐倚月纵横。峰头且莫骑黄鹤，留遍江城铁笛声。"另有《舫次武塘》诗云："霖雨遍园墅，秋风静阆阓。不留车马迹，独见水云湾。皎皎日月出，峨峨松石间。楼台在霞表，燕雀未能攀。"皆表达了对高洁纯净人格的追求。正如唐泰《赠先生》一诗所写："鸿鹄翔云中，孤飞纵高举。浮云皓横绝，严霜脆柔羽。衣裳自清洁，素志未惰麻。弓矢岂无意？纲罗奚碍阻？咫尺寡俦匹，万里亦踽踽。"这也是霞客孤标高格的真实写照。

另一位陈继儒的好友施绍莘（1581—1633），字子野，号峰泖浪仙。明松江府上海县（今上海闵行）人，寓居华亭。为华亭县学生员。负俊才，好治经术，工古今文，旁通星纬舆地道释九流之书，有四方之志。后因屡试不第，遂弃举子业，放浪声色，致力于词曲写作。他筑舍西佘山之北，与居东佘山的陈继儒，诗场酒座，常与招邀来往。

明代士人崇尚清雅闲适的生活，隐遁于山林田野和民间，不仕不贾，流连于山水之间，体味于书典之中，修道养性，安享天寿，过着自由自在的田园生活。他们张扬个性、放浪不羁的作风，重享乐、厌羁束的人生态度，使得其与黑暗劳烦的官场很不适应。因此其时很多士人即使有机会登堂入室，也不习惯于官宦生涯，深为官场羁绊不得施展自己个性而困苦。也缘于此，明中后期一个较为奇特的现象就是狂士、山人、隐士特别多。江南胜地，人文荟萃，山人众多，如华亭陈继儒、昆山王逢年、吴扩等。这固然与世道艰辛、士人出路较少有关，另一个方面也表明世俗社会对这种人格的欣赏和褒扬。据很多明史料记载，不论缙绅之家、江湖士人、商贾之人，还是市井中人，都以与名士交游为荣。明中后期基于各种原因以不仕来标榜的士人增多，但真正归隐不闻于世，却不是人人都能做到的，毕竟还要"为稻粱谋"，考虑自己和家人的生计问题。因此，最佳的选择就是虽然绝意仕途但并不归隐出世，既要为生计谋，又要士人的体面，还要隐士的闲暇。于是，晚明士人有着自相矛盾的生活状态：即使以山人隐士自许者，或出家为僧道之人，也留有世俗之心，热衷世俗之事，不耐清寂，优游于世人市井之中。

自古士人都爱山水之游。而明中后期，由于士人仕途无望或不顺，多以诗文娱情言志，尤其是江南士人文人化的加强，而山水又甚佳，放浪好游尤远甚于其他地区之士子。徐霞客"髫年蓄五岳志"，立下"欲问奇于名山大川"的志向，学而不仕，摆脱了"四书五经"的束缚，驰骋在历史、地理、游记之类的著作之中，留下千古奇书《徐霞客游记》，也实现了个性的"自由解放"。清代潘耒评论徐霞客："以性灵游，以躯命游，亘古以来，一人而已。"

多数士人在游名山大川的同时，更为倾重的是访名师、寻名友，其意不在山水之乐。因此，游历的重心从山水名胜转向市镇名士会集处，广交名士、"访明师友"成为很多士人游历的主要目的。除了徐霞客五访陈继儒外，比较知名的还有明末四公子之一的方以智。方以智（1611—1671），字密之，南直隶安庆府桐城县（今安徽桐城）人，明代著名思想家、哲学家、科学家。他喜游学，四处交游，结识学友。

在游学过程中结识了许多当时的大名士，主要有王彭年、瞿式耜、沈寿民、文震亨、钱谦益、陈子龙、周立勋、陈恂、徐天麟、夏允彝、陈继儒等，被人赞赏。方以智"来游吴会，吴会诸名成延颈愿交，长老先生亦皆折行辈称小友，唯恐不得当也"。方以智对其游学的目的说："男儿贵结交，道路常苦艰。读书无所用，何为空闭关。"既然士人重"明师友"，那么明中后期讲学之风大炽，士人奔波于讲学场中也就与士人游走天下、遍访名士之门相表里，共同成为明代中后期士人社会交往中较为特殊的现象。这一社会风气也催生了万历年间江南东林党人和几社文学活动。

从徐霞客《致陈继儒书》看其是否到过四川[6]

娄建源

2021年元月的一天，佘山国家森林公园来电，要我为刚迁移的徐霞客铜雕像写个说明，我便写了下面这200多字：

> 徐霞客（1587—1641），本名徐弘祖，字振之，号霞客，明南直隶江阴（今江苏江阴）人。我国著名的地理学家、旅行家、文学家。自幼"特好奇书，博览古今史籍"，一生矢志远游，探究山川奥秘。30多年足迹踏遍21个省、区、市，留下了60万字的巨著《徐霞客游记》。
>
> 徐霞客曾先后五次到佘山，与华亭名士陈继儒结为忘年交。陈为徐取"霞客"号，从此这名号传遍天下。徐赞佘山"佘坞松风，时时引入着胜地也"，并将自己历时四年的西南万里行的起始点放在了佘山，"盖前犹东迁之道，而至是为西行之始也"。

在介绍徐霞客的诸多文章中，似乎都有这样一句话，"足迹踏遍20个（或21个）省、区、市"，说"21个"即包括四川，这两种表述较常见。关于徐霞客曾否到过四川，一直是他游踪的一个悬案，因他并没有留下游记，这也是在学术界存有异议的问题。

---

6 原文首刊于《松江报》（2023年11月10日文艺副刊）。

笔者在上面的说明文中用了"21"个的说法，是从以下七方面考虑的。

其一，没有游记记载，不等于徐霞客没去过。自他刚开始旅行时的万历三十五年（1607）到崇祯元年（1628）的21年中，也就是他人生的早、中期，有多处地方他都没有写游记，如：游太湖、游齐鲁，北入京师、游落迦山、游南京、游宜兴善卷与张公二洞、游广东罗浮山等。

其二，据重版本《徐霞客游记》编者诸绍唐先生介绍说，"《徐霞客游记》全部手稿有80多万字"。他去世后，因家中遭盗抢并焚烧、手稿辗转他人而不归还、原稿遗失，包括西南行时的部分日记遗失等因素，现存稿为60余万字。很有可能"游川"的记载就在这遗失的20万字当中。

其三，至于"游川"是何时去的？笔者认为应是在天启四年（1624）之前。也因这年徐霞客初识陈继儒，向陈所谈"磊落嵯峨，奇游险绝"的探险故事，应该包括他"游川"时所经历的艰险。

其四，因金沙江的中、下游段在云南境内，故就有了在崇祯元年（1628），徐霞客三年守孝期满后游闽和粤地罗浮山，归来后第三次到佘山时，他将"决策西游"的想法向陈继儒吐露了。八年后（1636）就有了他"西南万里行"的壮举，确切地说，是西南十万里行。

其五，崇祯九年（1636）七月，也是在徐霞客"西南万里行"出发前的两个月，他的《致陈继儒书》信，为研究徐霞客平生游踪提供了宝贵线索，信中有这样一段话："弘祖将决策西游，从牂牁夜郎以极碉门铁桥之外。其地皆豺獉虎啸，魑魅纵横之区。往返难以时计，死生不能自保……"
信中的前句引用了在西汉时就已消失了的夜郎国和牂牁国，
分布在今黔北、滇东北和川西南一带，还有古西羌族"碉门
铁桥"的建筑特征；后句则说明其地荒无人烟，豺嗥虎啸。
这估计是摘于古志书所言。这种写法，没有使用明代时的地
名，感觉他是没去过而计划要去的地方。这些地方离宜宾的
岷江、金沙江汇合处不远，而这汇合处又是分析长江之源的
必考之地。

　　谈及西行丽江的计划，霞客说："春初当从丽江出番
界。昔年曾经其地，候一僧失期而返。窥其山川绝胜，以地
属殊方，人非俗习，惴惴敛屐去……"这句话字虽少却很重
要。"出番界"可理解为出丽江这个纳西族、藏族等居住的
异地。因他有心要考察金沙江，一种可能是要沿金沙江北
上，也就是今"香格里拉"以北的藏区，也包括了川西南藏
区。另一种可能是向东走，沿金沙江向中、下游走。紧接着
是"昔年曾经其地"，"昔年"是何年？"曾经其地"是何
地？均不明确。但接上句于此处，极有可能是指川西南，他
是曾经去过的。"候一僧失期而返"则说明了返回或未到达
目的地的原因。"以地属殊方"可能是指属藏区这特殊的地
方。从这些字眼中可窥出徐霞客是去过川南或川西南的。褚
绍唐先生在《徐霞客曾否游川质疑》一文即主要依据这一段
话，联系有关传志及《徐霞客游记》行文做了肯定回答。但
也有人持不同见地。不论与否，对徐霞客的这段自白，当不
能等闲视之。

　　其六，今天我们能看到的徐霞客《溯江纪源》（一作

《江源考》），是徐霞客西南行后期的考察报告。在最后一段有一说明："陈体静曰：此考原本已失，兹从本邑冯志中录出，并非全文也。前人谓其书数万言，今所存者，仅千有余言而已。考内'北龙亦只南向半支入中国'下，注云：'俱另有说'，其说必甚长，乃一概删去，殊为可惜。"这"千有余言"中也写到金沙江，如果不去实地考察，仅凭古书上的记载，会有这"书数万言"的"考"吗？故删除部分甚为可惜，也可说明徐霞客曾入过川。

其七，岷江是四川中部北南向的大江，岷江在离开了高山进入四川盆地后，地形落差减小，水流减缓，可行船。与岷江相比，金沙江的两边都是高山峻岭，地形落差大，水流急，河道又十分险恶，不能行船。徐霞客只有去过四川，才能将岷江与金沙江做比较。"而岷江为舟楫所通，金沙江盘折蛮僚溪峒间，水陆俱莫能溯。"这也极有可能是前面所提到的"曾经其地"。另外，在"考"的最后一句话是："不探江源，不知其大于河（注：指黄河）；不与河相提而论，不知其源之远。"这句话也完全符合徐霞客的行事风格，也可说明徐霞客是到过四川的。

一孔之见，当为抛砖引玉。

2023年10月30日初稿，2024年1月25日改写

佘山秀道者塔实为聪道人塔，从明朝讹传至今已400多年[7]

程志强

在今天的西佘山北麓，有一座秀美挺拔的秀道者塔，塔下的碑文说明此塔建于北宋太平兴国年间（976—984），因有修道者名"秀"建塔后自焚，故名秀道者塔。其实，这是从明代开始以讹传讹的说法。历史的真相是：西佘山确曾有"秀道者塔"，但已于南宋湮灭；今天的"秀道者塔"实为建成于北宋庆历七年（1047）的聪道人塔。

一、秀道者塔位于西佘山之巅，南宋时已经"止存碑铭"

南宋淳熙年间（1174—1189），华亭人许尚以县境内的古迹为题，写了一百首绝句，合称《华亭百咏》。其中有一首《秀道者塔》："辛勤成雁塔，俄赴积薪焚。夜静耽耽影，疑来护刻文。"下面对这首诗稍做解释：

辛勤成雁塔。雁塔，是对塔的美称和通称。这一句是说秀道者非常辛苦，造成这座塔。

俄赴积薪焚。指塔建成后不久，秀道者就积薪自焚。这种自焚，在佛教上称作"烧身"或"焚身供养"。

夜静耽耽影。"耽耽"，又写作"眈眈"，意思是威严注视的样子，成语"虎视眈眈"就是指像老虎一样非常威严地注视着。这句是说，夜深人静的暗影中，好像有老虎在注视着。

疑来护刻文。老虎为什么注视着？好像是来看护着碑文。"刻文"即石碑上的文字。

许尚在诗题《秀道者塔》下自注："在佘山。秀昔庐此山，有二虎侍之。后自建塔于山巅，建毕还积薪自焚，止存碑铭。"意思是从前有位秀道者在佘山结庐（修建庵堂），有两只老虎侍卫。后来在山顶建塔，建完塔不久就堆上薪柴自焚而死。现在这座塔已经没有了，只有石碑和铭文还在。

二、聪道人塔位于西佘山北麓，系杭州僧人择汀等为聪道人所建

北宋的聪道人（944—1017），是上海最早的地方志《云间志》立传的三位高僧之一，也是佘山有比较详细记载的第一位僧人。他的一生充满传奇色彩，圆寂之后更是越传越神，又与传说中在佘山建塔自焚的秀道者相混淆，导致历经千年的聪道人塔被误为秀道者塔。

聪道人，法号德聪，苏州张潭（今昆山市张浦镇）人，"聪道人"是大家对他的尊称。他7岁到吴越国首都杭州慈光院出家，13岁正式在梵天寺受戒，34岁来到松江。一位名叫范仁宠的施主十分崇敬聪道人，于是迎请他到佘山建庵修行。今天的佘山包括东佘山和西佘山，古人习惯上称为佘山东峰与西峰，两峰相连处俗称"骑龙堰"，今天连接嘉定外冈、青浦和松江的外青松公路从这里穿过。聪道人在佘山东峰用茅草搭建了一座非常简陋、仅可容身的无名小庵。

当时杭州是吴越国国都，松江属秀州华亭县。人们看见这个从杭州来的和尚似乎从来不洗澡，总是静坐修禅，觉得有些奇怪。有一天，一名禅师来拜访他，看见屋梁上悬挂着一本书，积了好厚的灰，看来很久没有读了。就问："这是大家都看的佛经啊，你为什么这样呢？"聪道人回答："就像人读书信一样，既然知道了内容，何必再读呢？"他说话不多，人们问他也总是沉默不答，常说："古人提倡实行，我何必多说。"

咸平年间（998—1003），松江大旱，人民饥荒。庵堂周边竹木茂盛，有人想偷盗，但是看到有两只老虎护卫着，就不敢了。又看到聪道人有时出行，两只老虎一前一后像是驯养的一样。有时候大雪封山，他闭关四五十天，也没有人敢来。

人们开始对聪道人从好奇、惊奇到敬佩。有施主看到他修行的小庵实在太简陋，希望扩建以改善条件，但是他坚决不从。

天禧元年（1017）二月，聪道人说："我今年要走了，不在这里住了。"松江父老以为他将要离开这里，都挽留他，他默然不答。七月初六，聪道人端坐而逝，享年74岁。华亭县县尉（分管治安的县级官员，相当于公安局局长）捐献俸禄，带领大家把聪道人安葬在佘山西峰。

过了24年，康定二年（1041）正月十九日，有位择汀和尚在聪道人坟后修建塔庙。所谓"塔庙"，也称"塔院"，是一种以塔为中心的寺院格局。

又过了7年，庆历七年（1047）十二月二十一日塔庙建成，这座塔被称作聪道人塔，庙俗称为佘山东庵。按照佛教戒律，坟当远离塔寺，大家又把聪道人迁葬于佘山南岭之下，也就是今天东佘山森林公园大门附近。

第二年正月，来自杭州西湖宝胜院的灵鉴法师应邀撰写《重迁志铭》，记录了聪道人的生平及建塔庙、迁葬的经过。从"以行状请铭懿德，以识其葬"的口吻来看，应该是择汀拿了聪道人的生平资料来请灵鉴撰写墓志铭。紧随灵鉴署名的还有华亭县知县、县尉及灵鉴的三位高徒——宝胜院住持居礼和居乐、居庆。

北宋治平二年（1065），聪道人圆寂后48年。

这一年，佘山有三座佛寺获得朝廷赐额：东庵赐额普照教院、中庵赐额慧日院、西庵赐额宣妙院。这三座寺院都在西佘山：普照教院的范围包括从骑龙堰－秀道者塔到山顶，慧日院的位置在半山腰中山圣母堂处，宣妙院在今天主教修道院处。

三、聪道人塔逐渐讹传为秀道者塔

南宋绍熙四年（1193），聪道人圆寂后176年。

这一年，华亭县知县杨潜花了半年的时间编了一本《云间志》。这部上海地区现存最早的地方志为三位高僧——唐朝船子和尚、心镜禅师和宋朝的聪道人立传，作为本朝唯一入志的高僧，可见聪道人在知县和松江人心目中的地位非同一般。《云间志·聪道人传》取材于《重迁志铭》，但又有了新的传奇。

其一，聪道人在东佘山修行，原来没有具体年份，现在明确为太平兴国三年（978），即来到松江的第二年。

其二，原来是有人见到"二虎卫之"而不敢偷盗，道人有时出行，两只老虎"常前后似如驯养"，现在直接改为

"有二虎大青、小青为侍"，不仅有了名字，而且明确是道人的侍卫。

其三，圆寂后的情况，原来是"七月初六日坐灭，止十三日，容貌如生"，就是圆寂后一个星期容貌没有变化，现在改为"阅月，容貌如生"——过了一个月都没有变化。

生前伏虎和死后容貌不变，这两项最容易引起神秘感、崇拜感的细节，显然被精心加工和夸大了。特别是原来的两只老虎只是"似如驯养"，现在不仅是"为侍"，而且有了大青、小青的名字。这就与许尚笔下的秀道者"有二虎侍之"的说法很接近了。

除了聪道人生平有了新的传奇，普照教院也被传为"本聪道人所居，因以为寺，有聪道人塔"。我们知道，聪道人一生没有离开过东佘山那座极其简陋的无名小庵。因此《云间志》既说聪道人"结庐于佘山之东峰"，又称西佘山的普照教院"本聪道人所居，因以为寺"，显然自相矛盾。

如果说《云间志》记载，普照教院"本聪道人所居"语义还略嫌含糊的话，那么到了明朝正德七年（1512）成书的《（正德）松江府志》，就明确记载普照教院为北宋太平兴国三年（978）聪道人所建，同时又注意到秀道者和聪道人都有"二虎侍之"的传奇，于是怀疑秀道者、聪道人实为一人。

明朝嘉靖二十一年（1542），割华亭西北二乡、上海西部三乡建立青浦县，包括佘山在内的九峰隶属青浦县。嘉靖三十二年（1553），废青浦县；万历元年（1573）恢复。万历二十五年（1597）修成青浦第一部县志。这部《（万历）

青浦县志》第一次把《云间志》中的"聪道人塔"、《（正德）松江府志》《（正德）华亭县志》中的"道人塔"正式记作"秀道者塔"。从这时算起，聪道人塔误为秀道者塔已经整整425年了。

四、分辨秀道者与聪道人、秀道者塔与聪道人塔并不难

聪道人与秀道者、聪道人塔与秀道者塔的区别显而易见。

第一，聪道人圆寂时是"坐化"，安葬是"构方坟，全身以安之"；秀道者是"积薪自焚"。

第二，聪道人塔的建造者是择汀等人，秀道者塔是自建。

第三，聪道人的生平事迹有明确记载，秀道者生平则完全不详。从"秀昔庐此山"的口吻来看，一个"昔"字表明作者并不确定秀道者生活的时代，建塔自焚很可能是得之传闻，或是碑文。

第四，许尚所见的秀道者塔位于佘山"山巅"，而且已经湮灭"止存碑铭"；今天的"秀道者塔"位于山麓，历经千年依然屹立。

1997年—1998年，松江修复"秀道者塔"，发现塔的形制为北宋砖木结构楼阁式塔特征，与聪道人塔建筑年代符合；在塔顶天宫中发现明代及明以前青铜造像共10余件文物，塔刹承露盘外壁铸有明代"万历"年号，与明末陈继儒发起修缮的年代相符。

著名古建筑专家陈从周（1918—2000）曾实地考察，赞美其"挺秀玉立，上海诸塔中以此为最美"（《梓室余墨》

第341页）。他在塔基处拾到宋代重唇滴水，结合塔的形制和历代《松江府志》的记载，认为秀道者塔就是北宋初期所建的聪道人塔。另一名著名古建筑专家张驭寰（1926—？）在其著作《古塔集萃》中明确"秀道者塔"的建立年代是北宋庆历年间（1041—1048），与聪道人塔的建筑年代完全吻合。因此，我们可以确定这座"秀道者塔"就是择汀等人所建的聪道人塔，普照教院就是以"聪道人塔"为核心的"塔庙"，聪道人最初就安葬在塔前。因为尊奉一位传奇高僧作为寺院的开山祖，毕竟是增强影响力的捷径。聪道人塔之所以讹传为秀道者塔，聪道人身后的故事不断向秀道者靠拢融合最终混而为一，极有可能是普照教院僧人的推动。

于是，聪道人修行之地先是从东佘山的无名小庵转到西佘山的东庵，年份也明确为太平兴国三年（978）；然后又从东庵为聪道人"所居"变成"开山"；两只老虎从"似如驯养"到"大青、小青为侍"再到变成两只老虎追随聪道人而死，葬在塔旁，第二年长出两株银杏树，僧人在此建"虎树亭"。在聪道人的传奇演变中，这两只老虎显然发挥了极其重要的作用。

聪道人的坐化显然不如秀道者的引火自焚更富有传奇，因此，除了聪道人的故事不断向秀道者演变之外，在元朝末年聪道人的故乡江苏昆山的地方志中还出现了择汀等33名僧人为聪道人建塔完成之后集体自焚的传说。在营造著名寺院和高僧的传奇方面，地方志编纂者和寺院有着共同的利益追求，明清时期多部府志、县志对如此显而易见的问题不断出现记载混乱、混淆，除了态度、能力因素，恐怕也不能排除编纂者有意为之，推波助澜。

当然，面对聪道人与秀道者相混淆的疑案，也有地方志编纂者试图通过比较严谨的考证，做出合理的解释。清康熙八年（1669）成书的《青浦县志）》卷七记载，秀道者初居东佘山的华藏庵，后来在禅定中听到潮声如雷，见到观音足踏巨鳌立于潮水之上，因此改名为潮音庵。后来，秀道者又爱东西佘山连接处，在此结庐，建成一座寺院名为普济院，在山顶建塔，塔成自焚。"秀道者、聪道人先后居塔院"，因此造成混淆。

作者没有说明资料的出处，论证也谈不上十分严密，但对秀道者在先、聪道人在后的推断还是颇有价值，特别是秀道者在东西佘山连接处建立普济院的说法，可能已经接近历史的真相：秀道者营建普济院在先，普济院就是东庵和后来的普照教院，秀道者建庵、建塔、建寺、自焚皆在聪道人之前。到了择汀等人为聪道人建塔迁坟的时候，普济院和秀道者塔均已湮灭。清末光绪年间编纂的《青浦县志》《松江府志》基本沿袭这个说法，可惜没有引起重视，特别是对于聪道人塔误为秀道者塔更没有深入考证辨明，以至于讹传至今。

2022年11月10日

二、追忆散记

佘山情牵霞客行

尹 军

　　2024年，是我国伟大的旅行家、地理学家、史学家、文学家徐霞客，第一次踏上松江土地，到访佘山400周年。往事如风，唤醒山水记忆吹拂在眼前；追思如潮，牵动情感江水荡起涟漪。沿着徐霞客当年行走过的峰泖古水道旧迹寻寻觅觅，一路感受霞客足音破空而来，充盈云间天地。

一

　　谁说往事消散，湮没不彰；有道是岁月迁转，情怀不变。400年后的今天，在徐霞客到访过的松江，一样春风，总是浩浩荡荡；两般情思，仍旧缠缠绵绵。这里的山水记得，在明天启四年（1624）至崇祯九年（1636）的12年里，代山言志、为水立传的徐霞客，五次前往松江，且将他一生中出游时间最长、行程最远、探险范围最广、传世记游内容最丰的"万里遐征"，亦即西南万里行的始发地放在了松江佘山。

　　《徐霞客游记·浙游日记》卷中，记录了西南万里行始发地为佘山的故事。时间是崇祯九年（1636）秋，亦即农历丙子年九月下旬。从江阴来访的徐霞客，由水路经无锡、苏州，过青浦而至佘山，留宿一夜，第二天早饭后上路，开启"万里遐征"壮行之旅。徐霞客《浙游日记》载二十五日："上午始行。盖前犹东迁之道，而至是为西行之始也。"他从佘山登舟出发，过松江辰山、天马山、横云山、小昆山，入泖湖绝流而西，掠泖寺而过，出松江至青浦章练塘，又西入嘉善境……这条起自松江峰泖一带的水路，便是后人所说的"徐霞客上海古水道"。时间长达四年之久的西南万里行，是徐霞客一生中的最后一次远游。这位年己半百、矢志笃行的"千古奇人"，先后考察了浙江、江西、湖南、广西、贵州、云南等地的名山大川。

也许，人们会由此及彼地想到一个问题：饱览天下山水风光的徐霞客，何以心有所向、五次到访松江？难道当地有令人来了还想来、看了还想看的绝佳山水景象吗？

这就要说一说松江的山水风光了，虽然没有人们想象中的那般绝妙神奇，但也有温婉秀丽、美不胜收的方面值得一说。在中国版图上，地域不南不北的松江，位于苏州与杭州之间，境内山水，得天目山余脉而九峰竞秀，借太湖波澜而三泖激滟，自古以来便是江南游赏胜地。得此佳山秀水资源禀赋，全国首批12个国家旅游度假区中，就有一个是上海佘山国家旅游度假区。松江四季分明，气候温润，且面临东海，水汽充盈，适宜南北大多植物繁茂生长。所以，作为依山傍水的植物家园，这里建有上海辰山植物园；作为宜居之城，松江享有国际花园城市之誉。上海城里人迁居松江，吸引他们买房的理由之一，便是松江有山有水空气好，景色美，但凡有泥土的地方，皆被一片绿色拥裹着，充满勃勃生机。"放松松江来，漫游山水城"的人，总能在峰泖山水佳、秀色美如画的当代松江，品出三分古韵诗意、七分今风气息。

以今天的山水风貌为"镜"，可以照映古之松江风韵。

九峰三泖，如同诗与酒是文人的标配，彰显山与水是苍天书写在峰泖大地上的一副绝佳"联对"。松江山水，入诗而成西晋陆机的"仿佛谷水阳，婉娈昆山阴"，入画则是松江画派取之不竭的创作源泉，入名又为松江别称"峰泖"的山水佳音。在古贤的笔下，山水相望的松江，山拱水环，山骨水肤，以硬可当铁石、软能为花柔的江南风韵，涵养一方百姓，化育依山多仁、傍水常智的乡风民俗。明代《松江府志》记"形胜"，谓之背山厚其居，面水纳其秀；又记"风俗"云，"民兴于仁，士奋于学"，故而"俗文"。由此想到，当下松江流传一句与山水有关的话："佘山大境界，问根广富林。"这一境界大在哪里？我曾在佘山上登高望远，神驰鸿蒙初开、朝霞升起的美丽云间，早在新石器时代晚期，便谱写了一首古老的中华民谣：松江广富林，天下一家亲。距今4000年前，峰泖山水，敞开怀抱，迎来由北而南的龙山文化先民，为上海这座与祖国山水相连的移民城市，最早注入了多元包容的移民文化基因。

时至元末，山明水秀、人文荟萃的松江，一代文坛鸿儒杨维祯寓居于此，悠游峰泖，山呼水应："大江如龙入海口，青山似凤来云间。"元初有赵孟頫，元末有陶宗仪、黄公望、倪瓒、王蒙等一大批外来文人，如山之宗岱，河之走海，心向峰泖，使松江成为心安处是吾乡的近悦远来之地。

岁月迁转至晚明，从小就酷爱祖国山水的徐霞客，行走峰泖的身影，宛若飞翔的鸟儿，把快乐和真情、理想和志向的诗行，写在了霞彩缤纷的云间时空上。之所以生发霞客似飞鸟的诗意畅想，既有松江是"华亭鹤"故乡的缘故；又与佘山那尊栩栩如生的徐霞客塑像，彰显傲然独立、潇洒出尘、富有冲飞动感的非凡气势有关；且受之于滇中名士唐泰喻徐霞客为"鸿鹄"的影响，其《赠徐霞客先生》诗云："鸿鹄翔云中，孤飞纵高举。"所以，追怀想象中的徐霞客，如一朵飘逸的云霞，焕发光彩，悠然而来；似一只踽踽万里的飞鸟，展翅翱翔，致远而去。

路虽远，行则将至；事虽难，做则必成。因为没有比脚更长的路，没有比情更深的谷。在壮游西南的万里长路上，"身影"胜过"声音"、笃志前行的徐霞客，一直走到身患重疾，"两足俱废"，被木增土司选派的几位纳西壮汉，从云南鸡足山用滑竿抬着下山，这才踏上了东归返乡之路。回到家中的第二年，亦即崇祯十四年（1641）春，54岁的徐霞客在江阴病故，化为了山水之魂。日月星辰记得，22岁踏上出游之路的徐霞客，行迹涉及当今中国行政区的近20个省区市。有关资料显示，徐霞客共考察记录地貌类型61种、水体类型24种、动植物170多种、名山1259座、岩洞溶洞540多个，写下了200多万字的记游日记。志在探索大自然奥秘的徐霞客，用30多年的旅行探险生涯和惊艳世人、感动中国的地理考察成果，写就了伟大的徐霞客精神，即热爱祖国、献身科学、尊重实践、敢为人先。

徐霞客的一生，以探索旅行和地理考察两个高度，立起了旷古"游圣"和伟大地理学家融为一体的不朽丰碑，激励无数后来人，爱我祖国好河山，放飞梦想天地间。于是，人们迎来了一个春风翻书的日子，即5月19日的"中国旅游日"。这个激励全民走出家门、心向山水的节日，是徐霞客送给后世的"礼物",即《徐霞客游记》开篇《游天台山日记》,始于"癸丑之三月晦",即1613年5月19日;同时又是后人以动起来的回应,敬献给前有徐霞客的一份"回礼"。每年这天,前往松江九峰的游客络绎不绝。看着他们登山躬行的身影,是在行走,更是在追寻先贤的路上感悟志合者不以山海为远,身心与大自然相融,与霞客相牵,走进精神原乡,行至美妙境界。在翠竹掩映的画面里,那些一路倾听导游讲述徐霞客的人,既是佘山上的一道风景,又是承前启后、行走在当下故事中的人。

二

如上文所述,苍天眷顾的松江,得秀丽山水涵养浓郁乡情、人文底蕴、和美风尚,给人以山的厚重、水的温柔、人的真情,在温暖自己的同时也温暖了四面八方。但论说徐霞客5次到访松江的直接动因,是梦里想着一座山,心中牵挂一个人。这座山,便是松江东佘山;这个人,就是隐居于此山的华亭(松江古称)名士陈继儒。

比徐霞客年长29岁的陈继儒,是明代文学家、文艺批评家、书画家和鉴藏家,享誉山中宰相、东南名士,是当时身居乡间、胸怀天下、主盟文坛、引领时尚的江南大才子。撰写《徐霞客传》的钱谦益,在其《列朝诗集小传》中介绍陈继儒广受世人钦敬,感叹"眉公(陈继儒号称)之名,倾动寰宇。远而夷酋土司,咸丐其词章;近而酒楼茶馆,悉悬其画像。甚至穷乡小邑,鬻粔籹、市盐豉者,胥被以眉公之名,无得免焉。……天子亦闻其名,屡奉诏征用"。但有着"云水中载酒,松篁里煎茶,岂必銮坡(翰林院别称)侍宴；山林下著书，花鸟间得句，何须凤沼（凤凰池，中书省别称）挥毫"认知的陈继儒，屡次推辞，称病不就。《明史》称他"工诗善文，短翰小词，皆极风致，兼能绘事。又博雯强识，经史诸子、术伎稗官与二氏家言，靡不校核。或刺取琐言僻事，诠次成书，远近竞相购写，征请诗文者无虚日"。所以在新兴出版市场造就的文化名人中，陈继儒的文名如佘山春笋，破土而出；他的著作和书画作品，与文学"云间派"和松江书派、画派一起声名远播。博览群书的江阴徐霞客，很早就知道松江有位以道德文章名世的"山中宰相"陈继儒。

明天启四年（1624）五月的一天，历史拉开了令人难忘的一幕。身高1.65米左右，肤色较黑，一口牙齿雪白，人清瘦、步行健，望之似有道人风骨的徐霞客，在福建学者王畸海的陪同下，首次来到松江佘山，拜访仰慕已久的隐士高人陈继儒，恭请他出笔为老母80岁生日撰写寿文。

路迢迢，情切切。陈继儒看着面前小他近30岁的徐霞客，捧出一颗赤诚的孝子之心，眼里阳光充盈，心中暖意顿生；尤其是听徐霞客说了老母鼓励他志在四方，并为其远游纺纱织布，治行装、备行囊的事后怦然心动，于天启甲子五月小暑日那天，满足了徐霞客孝敬母亲的心愿，写了一篇真情动人、文采飞扬的传世寿文《寿江阴徐太君王孺人八十叙》。

10年前，我在上海辞书出版社出版的《上海佘山国家旅游度假区志》上读到过一篇娄建源撰写的《徐霞客与陈继儒的忘年之交及传文书信浅评》文章，从中得知徐霞客的本名叫徐弘祖，"霞客"是其别号，是第一次到访佘山时陈继儒给他取的。

"霞客"之号有何寓意？陈继儒留下的文字里没有具体说明。因徐弘祖以号行，号称盖过了自己的原名，加之《徐霞客游记》出版发行，影响巨大，后人对这个富有诗情画意的"霞客"号称多有诠释，如感言徐弘祖总是在朝霞和晚霞中出没，是个具有仙风道骨的人物，陈继儒因此给他取号"霞客"。参照《徐霞客墓志铭》中的一句话，"见者已目为餐霞中人"，我以为娄建源先生的解读描述比较贴切，即初次相会，徐霞客就与陈继儒结成了深厚的忘年之谊，他称陈继儒为"眉公"，陈继儒则因他酷爱旅行，经常餐霞宿露于山林野泽之间，为他起了"霞客"的别号，徐霞客之名便是从这时开始使用。

话说开去，松江雅称云间，出自陆机胞弟陆云之口。当地九峰曾有的人文景观中，小昆山有"婉娈草堂"和"乞花场"，皆与陈继儒祀奉西晋陆机、陆云的故事有关。有此历史背景背书，上溯取"云从龙"之意典出"云间"的陆云之语，转而再思光明、绚烂、走心的云间彩霞与"霞客"之号的关联，仿佛在偌大的寂静里，听到了一种悠然的生命之音，从陈继儒的内心破壳而出，于是有了流光溢彩的"霞客"之号。此外，嘉庆《松江府志》中载有陈继儒传，记其闲暇时，与黄冠（道士）老衲（僧人）畅游峰泖胜境，又赞其是一个胸臆豁达的人。由此推论，"有道则仕，无道则隐"，是儒家思想在陈继儒身上的体现；豁达通脱则是道家思想赋予陈继儒的生命活力。联想成语"餐霞饮露"，则与超尘脱俗的道家学说有关。而陈继儒笔下呈现的徐霞客，有"墨颧雪齿，长六尺，望之如枯道人"的形象描写。诚然，猜想不足为据。我以为尚可进一步打开思路，从陈继儒编撰的《小窗幽记》中寻找近似的答案解析。例如"取云霞为侣伴，引青松为心知"；又如"烟霞欲栖""餐霞吸露"，还有"烟霞生于灌莽"等。如果将上述之语的意思与"霞客"之号联系起来分析，其中蕴含着超尘脱俗的高远境界、攀历忘苦的人生志趣，还有最抚凡人心的以霞为友之情。解读霞客的"客"字，浅见以为，对于矢志探索大自然奥秘的徐霞客来说，他亲近山水，便是"山水之客"；他出游在外，便是他乡来客。

三

由"霞客"佘山出，思人与人之间最近的情感距离，不是面对面，而是心贴心。陈继儒之所以与徐霞客初次见面便一见如故且结为忘年交，彼此心灵相通是根本。且不说徐霞客的母亲教育儿子"少而悬弧，长而有志四方，男子事也"；陈继儒言，"要做男子，须负刚肠；欲学古人，当坚苦志"。仅就他俩的人生经历和志向情趣而言，就有许多近似之处，进而超越彼此的年龄代沟，在悠然心会中产生情怀共鸣，这才有了此刻变为以心相交的恒常友谊。

首先，他们有近似的出身背景和少而聪慧。华亭人陈继儒（1558—1639），出身于当地的一个掾吏家庭。其父陈廉石较早退业归里，人称隐德君子。一生以儒学为尊的陈廉石，学有所传，不仅为子取名"继儒"，且倾其所能，用心施教。自幼得家教启智润心的陈继儒，4岁识字，5岁成诵，

9岁涉猎文学，10岁通达《毛诗》，14岁旁及五经、子史。学至16岁时，老师对其父说："大弟今日非我所能御也。其天姿英敏，才情横发，吾且当拜下风，敢冒师耶？"因此，父亲又给儿子换了位名气更大的老师何三畏。再看江阴人徐霞客（1587—1641），出身于一个书香门第的大户人家，祖上做过官又有数以万计的田产。至徐霞客出生时，家有田地500亩，母亲王孺人尚经营着一家织布场，即便家道中落，今非昔比，仍不失为当地富足人家。徐霞客生性聪颖，自幼好学，5岁就读于师塾，四书五经稍加指点即能领悟背诵，不久后能诗。《徐霞客墓志铭》说："霞客工诗，工古文词，更长于游记。"这些与他自幼好学，15岁读遍祖遗藏书，同时又受到父亲徐有勉喜欢历史人文、地理山川，好游山玩水的影响有关。

其次，他们有科举应试受挫的相似经历和人生转向。万历六年（1578），陈继儒参加童子试，考得不理想，后又于万历十年（1582）、十三年（1584）两次参加乡试，均告落榜。此时的陈继儒，年已29岁。续说徐霞客15岁那年应童子试，亦即学子取得秀才资格的入学考试，结果名落孙山，从此"厌冠盖争逐之交"，绝意宦途仕进。天各一方的两位饱读学子，在中国晚明社会走向没落同时又是新思潮鼓动风雷之际，各自做出了人生的转向选择。引领时尚的陈继儒，作《告衣巾》云："揣摩一世，真如对镜之空花；收拾半生，肯作出山之小草！"他向松郡官府和当地父老乡亲宣布了一个人生重大决定，放弃生员（秀才）身份，焚弃青襟，绝意仕进，隐居昆山（松江小昆山）之阳，建庙堂、筑草堂，点燃香烛，祀奉西晋陆机、陆云兄弟。其父去世葬于辰山麓之后，双亲已故的陈继儒更是了无牵挂，相伴山水，雪后寻梅，霜前访菊，雨际护兰，风外听竹，著书立说，以彰其志。他对自己的选择从不后悔，曾感叹："风起思莼，张季鹰之胸怀落落；春回到柳，陶渊明之兴致翩翩。然此二人，薄宦投簪，吾犹嗟其太晚。"而少年时代便立下"大丈夫当朝碧海而暮苍梧"志向的徐霞客，童子试未中后一笑了之，转而心向山水，"肆志玄览"，游历天下，探奇测奥，用脚步丈量祖国山河，去圆一个"游圣"之梦，体验"书圣"王羲之所说的"仰观宇宙之大，俯察品类之盛"，以游目骋怀。他们的人生逆转，看似"山重水复疑无路"，实为"柳暗花明又一村"。晚明中国少了两个应试不第的学子，却出了两位对中国乃至世界都有影响力的伟大学者和"千古奇人"。

再次，他们皆喜山乐水，富有文人情怀。中国传统文化里的山水非指一物，而是万物的总和，故为山水世界。孕育万物、滋养人类的山水，是一种客观存在，上升至哲学层面来看，山水本质上是一个世界观。"登山则情满于山，观海则意溢于海"，便是主观见之于客观的文人情怀表达。人们称颂徐霞客"寻山如访友，远游如致身"。事实的确如此。他三次游览江郎山，自感"与江郎为面，如故人再晤"。若言徐霞客是山水化身也不为过，因为他曾说过："此身乃山川之身也。"主动将身心融入山水怀抱的徐霞客，在感知大自然之美时常抒发爱恨交加的文人情怀。他爱的是祖国锦绣河山，如《游天台山日记》云，"雨后新霁，泉声山色，往复创变，翠丛中山鹃映发，令人攀历忘苦"；他恨的是毁坏自然生态的种种行为，如一些游人用松脂火把将莹白美观的溶洞乳石熏得黑如烟煤；一些地方烧山毁林，导致生态环境严重恶化等。家住松江小昆山，后以山居为安的陈继儒，骨子里同样具有山水涵养的文化遗传基因，江苏、浙江、安徽等地，都曾留下他亲山亲水的足迹。不仅如此，陈继儒还将真实的山水与再造乾坤的园林艺术融为一体，亲力亲为，将得自然山水之利的东佘山居，打造成了一座彰显浓郁文化艺术气息的江南园林。陈继儒的东佘山居，既有山泉相伴的秀丽风貌，又兼有图书馆、艺术馆和博物馆的收藏展示功能。此外，以山水为知音的陈继儒，在江南造园名家松江张南垣等人的实践基础上，撰写过园林艺术气息扑面而来的《岩栖幽事》，可谓源自山水，又见理性升华的再造之功。他的造园艺术论述，被林语堂《生活的艺术》一书大段引用，并以英文版形式在世界上广为流传。山水与读书人的情趣，也经常在陈继儒笔下溢出、纸上融化。他感言"读一篇轩快之书，宛见山青水白；听几句透彻之语，如看岳立川行"；他深入浅出，循循善诱，试图让人们明白一个道理："世路中人，或图功名，或治生产，尽自正经，争奈天地间好风月、好山水、好书籍，了不相涉，岂非枉却一生？"

山止川行，风禾尽起。心中装着山水大爱的陈继儒和徐霞客，一个隐居山林50余载，一个跋山涉水30多年。正是这份以山水为伴的真情，让人生转向后的他们，大道不孤，哪里有好山好水，哪里就有志同道合的好友。徐霞客交友，真诚相待，既不分贵贱，又有原则底线。陈继儒称赞徐霞客"不屑谒豪贵，博名高"；又夸他是万里道途上的一缕清风，"不谒贵，不借邮符（发给往来人员，准许其在驿站食宿及使用其车马的凭证），不觊地主金钱，清也"。从相关史料中看出，徐霞客结交的朋友中不乏饱学之士，如黄道周、陈函辉等；另有一批得道高僧，如湛融、静闻等；还有官吏、土司、店主、学生、少数民族人士、普通百姓等。他对志同道合的朋友，肝胆相照，生死相交，但远离庸俗官僚和无德小人。

再说心愿"友遍天下英杰之士，读尽人间未见之书"的陈继儒，于江南文化圈里结识了大批文化名人，仅在陈广宏主编的《陈继儒全集》中，便可以看到许多名家，如王世懋、程嘉燧、顾宪成、李日华、李流芳、王思任、屠隆、王穉登、赵用贤、王时敏、冯梦祯、周履靖、郑鄤、钱士升、祁承爜、王肯堂、陆树声、董其昌、王世贞、张大复、张岱、曾鲸、臧懋循、锺惺、袁中道、钱谦益、宋懋澄、朱国桢、徐霞客、施绍莘、沈德符、陈子龙、万寿祺、李雯、汪汝谦、汪道昆、文震孟、黄宗羲、黄道周、吴伟业、冒襄、陈贞慧、宋徵舆、杨文骢、夏允彝、夏完淳、张燮、倪元璐、张溥、马湘兰、顾起元、瞿汝稷、赵贞吉、何乔远等人。他们之中，以气节、文章为后世称颂者并非鲜见。话说松江优秀文学传统，乃远秉二陆风华，中继陈、夏风骨，近承邦彦成就；其中所说的"陈、夏"，便是与陈继儒同为晚明时代的陈子龙和夏允彝、夏完淳父子。可见，江南文人中的品高者，与陈继儒交往的不在少数。从陈继儒、徐霞客交友的这面历史镜子里，不仅看到了他们富有山水真性情，而且感受到了中国传统文人所具有的两种优良素养，即风骨情操和学识胸怀。

还有，由兴趣变志趣，是他们心灵共振的交响乐章。李政道研究所创始所长弗朗克·维尔切克，在接受《解放日报》访谈时说过一句话："科学研究是不断创新的，是一项长期的由好奇心驱动的事业。"神奇的大自然中，有许多尘封的未解之谜。手持一根竹杖，脚穿一双芒鞋，身背一床襁被，行走在考察路上的徐霞客，遇到了接二连三的山川之疑，由此激发无止境的探索欲望，从而越走越远，越走越深，越来越接近事物真相，继而通过考察揭示，心里由迷茫变为了亮堂。在《徐霞客游记》的光照下，我们看到了许多"千百年莫之一睹"的自然奥秘，有了实事求是的科学答案。所以，认知"游圣"徐霞客，出游只不过是外在的动态表现形式，而科学探索才是他内在的驱动力所在，给自己的内心交出一份不负山水的完美答卷，更是他追求的人生目标。且听徐霞客《致陈继儒书》中有言："尝恨上无以穷天文之杳渺，下无以研性命之深微，中无以砥世俗之纷沓，惟此高深之间，可以目摅而足析。"这番肺腑之言，道出了一个仰望星空、寄情山水、富有鸿志高趣者的心声。不畏难险、提灯前行的徐霞客，为我国地理学在地貌和水文两大方面的科学考察得以领先世界做出了杰出贡献。后人评说，他的探索实践开辟了中国地理学系统观察自然、描述自然的新方向、新途径。

兴趣与喜好牵手，具有人生价值取向的志趣与志向相连。在山水的真实世界里，崇尚真善美的徐霞客，以真为本，对旧志书中的一些错误说法多有纠正。如看似文不过千言，却能划疆域、定九州、查物产、晓风俗的《禹贡》，被珍视为中国地理学的源头。对这样的顶礼膜拜之作，徐霞客以实为据，大胆质疑其中的某些定论。他在《江源考》中说，"第见《禹贡》'岷山导江'之文，遂以江源归之"有误。他的考察结论是："推江源者，必当以金沙为首。"从中看出，正本清源，是他远游追寻、志趣所趋的人生价值体现。此外，徐霞客《楚游日记》载，丁丑正月十七日，他在茶陵麻叶湾，见到山上有个"大仅如斗"的麻叶洞。百姓传此洞有神龙精怪守护，"非法术者，不能摄服。"也就是说，像徐霞客这样的儒者而非羽士，擅入此洞，会成为神龙精怪的殉葬品。在无人敢入的情况下，将生死置之度外的徐霞客点燃火把，"以足先入，历级转窦，递炬而下，数转至洞底"探险搜奇，以实际行动打破了"神洞"不可入的迷信禁忌，驱散了千百年来笼罩在当地百姓心头的迷雾。

松江陈继儒同样是一个富有情趣和志趣的人。且不说他号眉公，也作"麋公"之呼，有时喜欢骑一头雄壮麋鹿，酒葫芦挂在鹿角上畅游峰泖，仅说他回信《答徐霞客》，诙谐风趣称小他一辈的霞客为兄，自谦为弟，云："弟好聚，兄好离；弟好近，兄好远；弟栖栖篱落，而兄徒步于豺嗥鼯啸魑魅纵横之乡。"读着这些既温暖又幽默的文字，似有读苏东坡的故事会面带笑容的那种感觉，觉得真情如注，文人有趣。兴趣爱好相当广泛的陈继儒，琴棋书画诗酒花茶，皆有高论。更令人感慨的是，学有建树的他，匠心独具，努力用自己的创新实践，使传统呈现新意，让文化变得时尚，在兴趣变志趣的路上，走出了一条山水辉映霞光的宽广大道。

高山流水遇知音。喜山乐水的陈继儒，工音律，得琴趣，修订琴谱，撰写《鼓琴》诗，为松江琴派得以传承弘扬，添加了浓墨重彩的一笔。他同时将对山水的喜爱，转化为对中国园林艺术和茶文化品质的追求，品茗论道，不仅游学讲述小壶比大壶宜饮，而且自己动手画草图，创意开发一手把玩的"一手壶"，后又创制六方壶，在中国小壶变大壶的历史进程中，做出了引领时尚的贡献。闲情偶寄，以显性灵。对名人字画等古董收藏颇感趣的陈继儒，并未止步于自我雅赏的世界里，而是心怀传承使命，著写《妮古录》。他爱听徐霞客讲述"奇游绝事"，如把高峻的山岩当作床席，用山中的溪水饮食沐浴，把山魅、猴子、大猿当作伴侣，以及山川奇景、奇花异草、豺狼虎豹等，且广搜中国虎文化逸事，撰写《虎荟》专著。

总之，由好奇心产生兴趣，又由兴趣上升为人生志趣的陈继儒和徐霞客，堪称双双出奇。陈继儒编撰的《小窗幽记》，因悟透了世间真情，悟得了人生真谛，且举典多用陶渊明高卧北窗和庄周梦蝶，被视为引导读者振衣高冈、清绝远俗、飘然远游的走心"奇书"；而我国古代文化瑰宝中的《徐霞客游记》，是旷古"游圣"、科学伟人献给世界科技史的一部"千古奇书"。这两部作品中的《小窗幽记》与《围炉夜话》《菜根谭》并称，为"中国人修身养性"的必读之书；《徐霞客游记》与明代科技著作《本草纲目》《农政全书》《天工开物》齐名，被誉为"世间真文字、大文字、奇文字"。陈、徐"两奇"相逢，在擦出心灵之光的同时点亮了情感灯火，使得佘山"顽仙庐"的灯盏也变得富有奇幻魅力，相伴这对忘年之交促膝长谈，与星月同辉。

四

青翠的佘山，没有因时光而老去，反而因陈继儒和徐霞客的故事，变得更加郁郁葱葱，生机勃勃。这里的山水记得，徐霞客分别于明天启四年（1624）、天启五年（1625）、崇祯元年（1628）、崇祯四年（1631）、崇祯九年（1636）到访松江佘山。为帮助徐霞客实现远行梦想，陈继儒献出了一片真情，做了许多给力暖心的事。依据《徐霞客游记》和相关史料，笔者初步梳理如下：

一是陈继儒为徐弘祖取别号"霞客"。故有江阴徐弘祖以号行，霞客佘山出，天下山水知。

二是陈继儒为徐霞客母亲王孺人80岁撰写寿文，即《寿江阴徐太君王孺人八十叙》。

三是陈继儒为徐霞客父母撰写合传。明天启五年（1625），徐霞客于母亲病故后第二次前往东佘山，恭请陈继儒为其父母双亲写合传，即《豫庵徐公配王孺人传》。

四是陈继儒为徐霞客引荐结识了一批松江名士，如施绍莘、董其昌等人。以《秋水庵花影集》五卷传世的施绍莘，字子野，一生以词曲知名，尤以散曲更为出名，论者推为明人第一，如吴梅先生称明代散曲"以施绍莘为一代之殿"。施绍莘的西佘别业与陈继儒的东佘山居相距不远；徐霞客第三次来松江时，恰逢中秋，陈继儒邀他一同前往。在西佘别业，徐霞客见到了比他小一岁的施绍莘，与这位少为诸生，心怀大志，但屡试不第，号"峰泖浪仙"的俊才相谈甚欢，在歌舞助兴下，三人举杯邀明月，畅咏寄怀，共赏中秋之夜月如珪。时隔三年后，徐霞客第四次来到松江佘山，再次前往施绍莘别墅，看到的景象乃物是人非，"已有易主之感"。陈继儒还自豪地把自己的小友徐霞客，推荐给了关系亲近的书画家董其昌。他们之间的交往也有佳话相传，如陈继儒《豫庵徐公配王孺人传》记："孺人布衣妇，乃知文章为可贵，而弘祖又能远叩名公，求以不朽其亲者，厥辞良苦。董宗伯七十余，亲志其墓而手书之。"1300多字的《明故徐豫庵君暨配王孺人合葬墓志铭》即为董其昌所书。

五是心系霞客决策西南行安危，以信传情，望他姑且缓之。徐霞客决心"万里遐征"西南行前夕，于崇祯九年（1636）七月写信告诉了陈继儒。他在《致陈继儒书》中说，"其地皆犳嗥貐啸、魑魅纵横之区，往返难以时计，死生不能自保"，并表达了死而无悔的"奉别"之意。所以陈继儒在《答徐霞客》的回信中恳请他"姑待而姑缓之"，"以安身立命为第一义"。从人心和真情的角度来看，陈继儒的劝慰之言，大有此情可待成追忆的暖流如注。

六是陈继儒为徐霞客"万里遐征"，打开了一扇扇方便之门。怀着"士君子贫不能济物者，遇人痴迷处，出一言提醒之，遇人急难处，出一言解救之，亦是无量功德"心愿的陈继儒，未能动摇志之所趋、穷山距海的徐霞客改变西南万里行决心。这位已近耄耋高龄的老人，转而尽其所能，竭力相助霞客顺利远征，他先行致信远方朋友，请求他们善待并关照远道而来的良友徐霞客。《徐霞客游记·滇游日记四》中有以下记载："余在家时，陈眉公即先寄以书云：'良友徐霞客，足迹遍天下，今来访鸡足并大来（唐泰，字大来）先生。此无求于平原君者，幸善视之。'"旅行途中曾遭洗劫的徐霞客，在亟须接济之时，得到了滇中名士唐泰即唐大来的资助，并经他介绍又结识了其他伸出援手的朋友。陈继儒的默默付出，有些事情徐霞客事前并不知晓，当他从远方友人口中得知后感激不尽。徐霞客《滇游日记四》云："始知眉公用情周挚，非世谊所及矣。大来虽贫，能不负眉公厚意，因友及友。余之穷而获济，出于望外如此。"此外，《浙游日记》篇中，记录了徐霞客在西南万里行始发地佘山顽仙庐留宿一夜，陈继儒夜以继日为他忙碌的一些事情：丙子九月二十四日，"眉公欲为余作一书寄鸡足二僧，一号弘辩，一号安仁"；二十五日，"清晨，眉公已为余作二僧书，且修以仪"。从中得知，陈继儒为即将远行的徐霞客考虑得十分细致周全，写给云南鸡足山僧友的信件都是一式两份，一份寄出，一份交由徐霞客随身携带。

七是陈继儒为徐霞客是"千古奇人"奠定了何以为奇的立说根基。现在人们说到"千古奇人"，已是徐霞客的专属标志。上追来源，多推钱谦益的"徐霞客千古奇人，《徐霞客游记》乃千古奇书"为代表性说法。钱谦益生于1582年，年长徐霞客5岁，据说是60岁作《徐霞客传》，推算这年为明崇祯十四年（1641）。再来读一读明天启五年（1625），陈继儒《豫庵徐公配王孺人传》中的最后一段文字，其中概述了徐霞客有"四奇"，即"弘祖远游，非宦非贾，非投谒，而山水是癖，一奇也。独身而往，独身而归，一奇也。弘祖登华山之青柯坪心动，既抵舍，得视孺人汤药，含殓悉无憾，一奇也。方以外付之，弘祖听其膏肓泉石；方以内付之，亮采、亮工两文学听其发家诗书。孺人呗诵而外，百无与焉，一奇也"。最后，陈继儒追根探源，感叹"弘祖之奇，孺人成之；孺人之奇，豫庵公成之"。故以为陈继儒的"四奇"说，是最先树立"千古奇人"徐霞客的四根学说支柱。

述往思来，敬怀古贤，继承传统，向史而新，就是为了鼓励人们增强历史自觉，坚定文化自信，矢志不渝往前走。灯光下，我在读《徐霞客游记》，也在写佘山情牵霞客行的故事，越是接近尾声，跳荡着的一颗心越是难以平静！因为这个故事中的人物背后是万水千山，故而感叹：有一种梦想叫灵魂之光，有一种成长叫逆风而行，有一种力量叫坚不可摧，有一种抱负叫敢为人先，有一种真情叫心心相印。

松江与徐霞客有缘且缘分匪浅的故事，引人去追寻那条因缘而织的情感纽带古今相牵，那头相系"徐霞客上海古水道"，这头相连当下云霞斑斓的一路璀璨光带，即长三角G60科创走廊，牵手一市三省九座城市，亲如一家，共襄一体化、高质量发展的盛举伟业。话说开去，长三角一体化的根基和上海文化的根源是江南文化，而高质量发展需要创新精神作为不竭动力。从以上两个维度考量，徐霞客是一个选择得当、值得去弘扬光大的学习榜样。因为徐霞客精神既是江南文化的一道绚烂霞光，又是折射科学开创精神、光照后人的一座"灯塔"。所以，400年前，霞客佘山出；400年后，霞客精神传，应当成为人们更爱松江的一个理由，成为科学精神是超越科学家的一个广泛追求。这便是话说佘山情牵霞客行的当下意义所在。

松江佘山纪念徐霞客小记

娄建源

400年前的1624年5月，地理学家、大旅行家、文学家徐弘祖首次到佘山拜访隐居在此的名人陈继儒，陈给他取了"霞客"名号，从此"霞客"名号随着《徐霞客游记》而名扬天下。徐霞客又于1625年秋末、1628年中秋、1630年夏和1636年秋，共五次到访佘山，与陈继儒结成忘年交。徐霞客与佘山有着不解之缘，他在《致陈继儒书》的信中曾赞佘山"佘坞松风，处处引入着胜地也"。受"山中宰相"陈继儒的鼓励和支持，1636年9月25日，徐霞客以佘山为西南万里行的起始地，从佘山出发，踏上了长达四年之久的万里遐征之旅。

1995年6月，经国务院批准，建立了上海佘山国家旅游度假区。度假区控制面积为64.08平方千米，规划用地面积45.99平方千米，包括8座自然山体。其中核心区面积10.88平方千米。

纪念徐霞客与佘山情缘的各项活动也由此先后开展。

1996年10月，佘山度假区便在时任副县长山兆辉先生的提议下，竖起了"徐霞客西南万里行"铸铜雕塑全身像。雕塑总高为3.8米，塑像为2.7米。铜雕像由上海大学美术系唐锐鹤教授创作完成，投资15万元。铜雕像原竖在度假区办公地，后该地改为佘山森林宾馆。到了2020年12月，在区委常委、副区长于宁先生的关心下，铜雕像移至佘山国家森林公园东佘山园南大门内主干道上，此处北侧的山前河为"徐霞客西南万里行"的出发地，并于2021年元月重写了铜雕像碑记。

2012年3月30日，松江区商旅委推出了"霞客上海古水道"沿线骑行活动方案。同年9月24日，在第十届"上海之根——松江文化旅游节"期间，由松江区旅游委主办、佘山度假区协办、大行车行俱乐部承办的沿着"霞客上海古水道"百辆自行车低碳出行的骑行活动在细雨中举行。来自全市的自行车骑行者从东佘山出发，沿着佘天昆公路，经辰山、天马山、横山、小昆山，又转永丰路，跨华田泾大桥至青浦寻梦园结束，全程约20千米。松江、青浦两区的电视台都做了跟踪报道，市内外有43家纸媒和网站也做了相应报道。

2014年12月4日，松江区商旅委推出了"四季上海之探访最美春天——骑行活动松江方案"，3月中旬举行了该项活动。主题为"观春赏花·寻觅霞客行"。重游"霞客上海古水道"。线路分为两条：一是从东佘山南大门出发—外青松公路—环山路—佘新路—佘苑路—沈砖公路—千新公路—佘天昆公路—辰花公路—辰山植物园；二是骑游赏花线路，从陈家村食堂出发—辰花公路—灵竹路—广富林古文化遗址—广富林路—龙源路—沈砖公路—九江公路—桃源路—佘北公路—森林宾馆。

2014年12月8日，松江区商旅委向上申报了"中国徐霞客游线标志地认证"，为27座城市之一，此举旨在推动徐霞客线路文化的挖掘和保护，为推进徐霞客线路"申遗"做准备（后因活动暂停而未果）。

2020年10月31日，"'行迹'——汪家芳画《徐霞客游记》"展在松江"云间粮仓"举办。作者汪家芳先生根据徐霞客游线中的山水景象创作了百幅中国画。下午，在展览处召开了"徐霞客与松江"研讨会。汪家芳先生还将他的画作《山高水长》图捐赠于松江区人民政府。

2023年1月1日，由松江区文旅局、佘山度假区主办的"第十七届上海佘山元旦登高活动"在东佘山举行。活动以"跟着徐霞客登佘山"的形式，模拟了明代的"徐霞客"与"陈继儒"，带领人们登游东佘山。

2023年6月3日，由佘山度假区主办的"跟着霞客游佘山"活动在东佘山举行，活动模拟了"霞客君"，还有"佘小雅"结伴趣游佘山，并进行了模拟骑行挑战赛等。

2023年11月23日，在松江区洞泾镇的艺术百代美术馆"山河——绿水青山主题艺术展"中，展出了"霞行天下——汪家芳画说《徐霞客游记》"，这是他在松江第二次举办"画《徐霞客游记》"展。并将所有作品用于公益拍卖，所得资金全部投入本次公益项目。

2024年元旦，由佘山度假区、区文旅局主办的"第十八届上海佘山元旦登高活动"在东佘山举行。活动以"新时代、新使命、新征程"为主题，充分挖掘了中国游圣徐霞客五游佘山的人文线索，结合文化、体育、旅游活动，持续释放"佘山登高步步高"的活动品牌效应，再次延续了"跟着徐霞客游佘山"的形式，模拟了明代的"徐霞客"与"陈继儒"，与广大市民一起登游东佘山。来自13个国家的外国留学生与4500多名市民游客共同参与了"新年第一游"。

佘山国家旅游度假区在2024年旅游文化宣传中，将主题定为"徐霞客宣传年"。6月起，将举办"霞号天下 客游佘山——'霞客'名号缘起佘山四百周年"纪念系列活动。内容如下：一是编辑出版《霞踪客影四百年》文集。二是拍摄一部"万里霞征"的宣传短片。用卡通形式，模拟徐霞客西行时坐船行游"九峰三泖"的场景。三是举办为期一个月的《西行之始地》图文展览会，让更多的市民了解徐霞客与佘山的情缘。四是举办一场纪念会，邀请徐霞客最后一次"西南万里行"游线经过的相关城市文旅业和"徐霞客研究会"的嘉宾来佘山团聚（苏、沪、浙、赣、湘、桂、贵、滇）。五是在东佘山南大门内山前河处，建一组陈继儒在岸边送别徐霞客的蜡像场景及说明牌。六是在16千米长的"徐霞客西南万里行起始段河道"，分段竖6个标志牌，为东佘山南大门内山前河北岸水杉林处，佘天昆公路与沈砖公路口，天马山南马山塘公路桥堍处，横山北高尔夫球场东侧南门停车场、绿地处，面对公路和横山塘、小昆山北横山塘处和汤村庙古文化遗址竖碑处，即横山塘与华田泾交汇处。七是重新印制2024版佘山度假区导游图，在图上标注"徐霞客西南万里行佘山起始段古水道"等。

松江佘山忘不了徐霞客。

2024年1月

"霞客"名号缘起佘山四百年记

娄建源

天启四年（1624）五月的一天，江阴人徐弘祖在友人的引荐下结识了陈继儒。二人不仅一见如故，而且"老先生"陈继儒还为徐弘祖起了"霞客"这样一个十分贴切又富有诗意的别号。

徐弘祖十分喜欢"霞客"这个别号，他给友人写信落款时会欣然题上"江左霞客徐弘祖顿首"。生前，他就将自己的《游记》用"霞客"名号定为书名。弘祖去世后，因《徐霞客游记》具有日记和游记的体裁特色，在明代时较少见，故引起了诸多有心人的关注。80多万字的《徐霞客游记》原手稿也经历了种种坎坷。弘祖家中遭"奴变"，部分书稿被焚烧；手稿辗转传抄于多人，有的并没有归还；原手稿被分卷拆散，最终也在转抄中遗失。《徐霞客游记》在明末清初时就有30多种抄本，贴近原手稿的有其塾师兼挚友季梦良（会明）于崇祯十五年（1642）的抄本、其长孙徐建极于康熙元年（1662）的抄本、其三子李寄（介立）于康熙二十三年（1684）的整理本（已失传）等。直到135年后的清乾隆四十一年（1776）徐霞客族孙徐镇的刊本（也称乾隆刊本）问世后，又有了20多种新刊本，如嘉庆十三年（1808）江阴叶廷甲刊本、1928年丁文江刊本等。不管是《徐霞客西游记》，或是《霞客游记》，还是《徐霞客游记》，均以"霞客"为书名。

1976—1980年间，上海古籍出版社和三位已故的专家学者，即华东师大地理系褚绍唐先生、复旦大学历史地理研究室吴应寿先生及责任编辑周宁霞女士，对《徐霞客游记》的重印做出了卓越贡献，他们联系了国内有《徐霞客游记》各种抄本和刊本的图书馆和私人收藏处，发现了以前从未见过的抄本和刊本，进行核对、归类、校点，并重新整理，于1980年底前出版了新中国成立以来第一部有60多万字的重印本，并附有徐霞客画像、旅行线路图、诗文、书牍、题赠、传志、石刻、旧序、年谱、校勘等。重印本因其内容齐全而轰动了"徐学"研究圈。1987年出版的增补本中还增加了与松江名人有关的徐霞客《致陈继儒书》和陈继儒《答徐霞客》等史料。

自1980年以来，全国各地有数十家出版社均以该重印本为底本，出版了各种样式的《徐霞客游记》，有竖排本、横排本、线装本、精装本、增补本、校点本、全译本、简本、选编本等，有的也多次再版和重印，其印量已无法计算，仅笔者就收集有20多家出版社的版本。而外语译本自清代至今的300多年中，也有英、法、德、日、韩、意大利文等译本出版并在海外传播。《徐霞客游记》还衍生出连环画、磁带光盘、戏剧、电影、电视剧、文学作品、"徐学"研究专著等。

书籍是长久的、具有影响力的宣传品，也是"霞客"名号名扬天下的主要载体。现在，"霞客"名号已然也成了我国旅游"鼻祖"的代名词。如陈继儒在天有灵，他定会为给这位忘年交取此名号而感到欣慰。更重要的是，《徐霞客游记》对我国当代旅游业的发展起到了推波助澜的作用，人们纷纷学习徐霞客，走向远方去寻觅那心中的诗画。换算成公历，2024年是陈继儒在佘山给徐弘祖取"霞客"名号400周年，特写此文以纪念。

2023年9月15日

六瞻徐霞客故里[9]

娄建源

徐霞客故里位于江阴市南郊一个以前叫马镇的地方，因名人徐霞客之故，现三镇合并后改名为徐霞客镇。镇南南旸岐村村东便是徐霞客故里。故里由故居、晴山堂和徐霞客移葬墓、仰圣园和博览园组成。

故居是个江南常见的七架樑、三开三进的老院子，仅有的遗存物就是二进间后庭院里徐霞客手植的已有400多年的罗汉松。屋内陈列的是徐霞客的旅游线路图和他的生平事迹。故居南有迁建的晴山堂，里面存有明代90位名人撰写的反映徐霞客及先祖业绩的诗文、墓志铭计95篇76块石刻。堂后院为徐霞客移葬墓。也许是江阴人的自豪和重视，为了弘扬徐霞客精神，也许为了方便游人瞻仰，10多年前在晴山堂与故居之间建了这个仰圣园，将故里连为一体。仰圣园为典型的江南园林，里面有徐霞客游记碑廊，由132位全国各地的书法家撰写的132条目和135块碑刻，形成了气势恢宏的200米长碑廊。可以说，碑廊石刻是晴山堂石刻的延续，如果说晴山堂是徐霞客家族之事，那么碑廊则是举全社会之力。因为徐霞客是中国的，也是世界的。故居东侧有一个新建的、规模更大的徐霞客旅游博览园，内有徐霞客旅游博物馆、徐霞客碑刻文化园、旅游文化交流中心等，并将南侧阳岐湖边、枕塘河上，徐霞客每次出游的码头和经过的胜水桥

---

9 原文首刊于《松江报》（2017年6月8日文艺副刊），并编入《追旅思》（文汇出版社2017年9月版，第91-93页）。

也圈了进去。

此刻，我站在徐霞客故里前的广场上，望着眼前这熟悉的院屋及景观，感慨不已！

这是我在这八年中第六次来到这里。为何如此频繁地来此瞻仰徐霞客？缘由是徐霞客是旅游人的鼻祖，游历祖国30多年并留下60万字的巨著《徐霞客游记》，影响甚大，他的科学探索、艰苦奋斗精神，作为旅游人理当敬仰和传承。另一原委是徐霞客与松江佘山有缘，这也许是我的兴趣使然。

八年前，我自驾去泰州，途经江阴璜塘，便下了高速去了徐霞客故里。这第一次虽是走马观花，但也颇有收获。知道了徐霞客唯一的传世画像是华亭人董其昌所画，后由清咸丰年间吴俊临摹董其昌原作而存世。也知道了"霞客"的别号是华亭人陈继儒所起。我也颇有兴致地购了几册徐霞客研究文集和一套广陵书社出版的《徐霞客游记》。最大的收获是，发现"徐霞客三次到佘山拜见陈继儒"的说法，与事实有出入，应该有五次。除了他在《徐霞客游记》中提到的三次外，之前还有两次，分别是天启四年（1624）和五年（1625），徐霞客先请陈继儒为他母亲写寿文，后又请他为父母亲写合传文。于是，我写了《徐霞客与陈继儒的忘年之交及传文书信浅评》一文。

七年前，我第二次来到徐霞客故里。在晴山堂石刻中发现了多位古华亭人士的墨迹，他们与徐霞客及他的世祖都有来往，我如获至宝地购买了《晴山堂法帖》。回来后，写了《明江阴晴山堂石刻与华亭八名士墨迹》一文。这两篇文章后均被收入方志出版社的《松江轶事》中，并转载于无锡市徐霞客研究会主办的《徐霞客与当代旅游》试刊号。

六年前，我作为特邀嘉宾参加了江阴徐霞客研究会举办的"徐学"研讨会，第三次来到徐霞客故里，参观了徐霞客旅游博览园。回来后，便萌生了设计一条"沿着徐霞客上海古水道"骑游线路的想法，并进行了实地勘察。那一年，国家正式确立中国旅游日为"5·19"，起源于《徐霞客游记》的开篇之日。我们以百车骑游的方式，沿着徐霞客上海古水道骑游，作为纪念。这项活动和所写的《"重走"霞客上海古水道》一文，在五年前上海有多家媒体进行过报道和刊登。

四年前，当时全国有27个城市在联合申报"徐霞客游线标志地"，为"申遗"做准备。我觉得松江也应代表上海申报，毕竟松江佘山是徐霞客最后一次历时四年的西南万里行的起点，"至是为西行之始也"。于是，便积极投入筹备之中。

近三年中，不管是自驾去淮安还是扬州，我总要留出些时间，路过江阴时去徐霞客故里瞻仰。这里也成了我与古人心灵对话的驿站，成了"读万卷书，行万里路"的"加油站"，似乎每次去都有新的收获。

这八年来，在冥冥之中我似乎穿越了近400年的时空，怀揣着眉公先生、思白先生和子野先生的"嘱托"，去"回访看望"霞客先生。

在第七个"5·19"到来之时，我受邀来江阴参加徐霞客诞辰430周年纪念大会，第六次来到徐霞客故里。看着纪念大会上播放的《徐霞客》纪录片片断集锦和意大利文版的

《徐霞客游记》的首发式，想着前一晚观看的大型锡剧《徐霞客》首演和多项纪念活动，我耳边顿时响起了毛泽东主席在1959年中共八届七中全会上说的那句话——"我很想学徐霞客"，心灵又一次得到洗涤。

2017年5月24日

三、随笔偶感

旅行佘山记[10]

侯绍裘

茸城之西北，其峰凡九，皆松之名胜，与三泖并称者也。而佘山尤为其中之杰出者。近西人建天主堂于其巅。道路平坦，树木蓊翳，风景益佳绝。余之往游者且三数次。民国四年（1915）春，本校有旅行佘山之举，余亦从之。时四月三十日晨六时，整队出发，行以舟，数凡八。出北门，沿通波塘而北，帆影波光，相映生趣。

十时许，抵山麓，相与登岸。按队曲折而行，达山巅，忽微雨着面，同学勇往之气胜，不顾也。遂由教士导观天文台。其壁间遍悬日月像，中有大望远镜一，镜上有晶片，其一用以观测，其一用以摄影。教士云，"作之三年乃成，价格盖数万元云"。观毕，遂出，或自由散步，或探取植物，或野外写真。余亦任绘画，然数作无一佳者，惟描风景之大意，待归时修正而已。

十二时，回舟。午餐毕，复作东佘山之游。诸同学争先恐后，不顾疲劳，壮哉！有立马昆仑，顾盼自豪之势。畅游一时许，相率归，舟中颇多谈资，故不寂寞。六时许，至五里塘，舍舟登陆，步行至校，时已近七时矣。

是行也，探取植物甚伙。中有土人参一物，前在劝业会中曾得上奖，是亦松江之特产也。乃土人不知，任其自生自灭，不一培植而爱护之，惜哉！

---

10 原文首刊于《江苏省立第三中学校校友会杂志》（1915年第1期，第27-28页）。

重走"徐霞客上海古水道"[11]

娄建源

徐霞客在"西南万里行"之前所撰写的17篇游记中，都没有提到他的旅行是以何地为起始地的，唯独在《徐霞客游记·浙游日记》中出现了这么一句话——"前犹东迁之道，而至是为西行之始也"，提到了佘山。从这句话可见，他自家乡江阴马镇出发，并非由江阴直达杭州，而是向东迁道经无锡、苏州、昆山、青浦至佘山，是将佘山作为这次西行的起始地。

佘山不是以山的高、峻、险、奇为特色，而是以人文为亮点。自唐代建华亭县以来，有许多名人游历过佘山。徐霞客将"西南万里行"起始地定于此处，不仅使佘山被记录到名著之中，而且为古代佘山人文添加了一抹斑斓的人文色彩、一段浓浓的人文情愫，成为当今最有人文故事可讲的一段史料。徐霞客对佘山也是称赞有加。他在给陈继儒的信中曾赞佘山"佘坞松风，时时引入着胜地"。这无疑是给佘山增加了人文的厚度和亮度。用现在的话说，就是提升了知名度。

在360年后的1995年，佘山获批为国家级旅游度假区。1996年10月，佘山为纪念徐霞客从佘山出发的西南远游，竖起了徐霞客的铜铸雕像。望着雕像"霞客"，他目光炯炯，远望西南，精神抖擞。我感觉的是敬仰，但又似乎觉得还缺

11 原文首刊于《新民晚报》（2012年5月15日B10版），并转载于《东方城乡报》（2012年6月1日B5版）、《时代报》（2013年5月14日第13版）。

了个"主人"。眼前仿佛出现了一尊陈继儒站在眉公钓鱼矶旁叩送徐霞客远行的雕像。这让我又联想到《徐霞客游记》的开篇作《游天台山日记》的首句，"癸丑之三月晦，自宁海出西门"，是为公历5月19日。经宁海人的10年呼吁，2011年，国家已将"5·19"定为"中国旅游日"；宁海人也重建了"西门"，每年在此举办纪念活动。其实，对松江来说，"丙子九月二十五日"，是为2023年的11月8日，是徐霞客历时四年的西南万里行的起始日，也同样可成为佘山的旅游纪念日。

徐霞客从佘山出发，开启了向西南的万里遐征，《游记·浙游日记》中记载："上午才出发。在这之前的行程仍是向东绕道，而到了这里才算往西旅行的开始。船行三里，经过辰山。又往西北三里，经过天马山。又向西南三里经过横山。又向西两里，经过小昆山。又向西行三里进入泖湖，船向西横流而渡，从泖寺旁驶过。泖寺位于水流中央，重台高阁，五层高约方形佛塔与波光相辉映，也是水乡中的一处名胜。往西到庆安桥，行十里到章练塘（这里是长洲县南境，也是万户人家的集市），又往西行十里为蒋家湾，它已经属于嘉善县。"这段日记是按原著译成的白话文，比较少见。叙述的是徐霞客"西南万里行"的起始点和起始段所经过的山、湖和集镇地名。这段水路今属上海市松江区和青浦区，全程有30千米左右，其中松江段（佘山、小昆山段）为16千米左右，青浦练塘段为14千米左右。这段水路按当时的所辖地可称为"徐霞客西南万里行松江（府）起始段水道"（为华亭县和青浦县境内）。按现在的所辖地可称之为"霞客西南万里行上海古水道"（为松江区和青浦区境内），简称"霞客上海古水道"。当今，有27个城市在联合申请将"徐霞客游线标志地"，作为国家非物质文化遗产。其实，上海的这条古水道也应列入其中。

此段水路经过近400年的沧桑巨变，早已旧貌换新颜了。沿途现有国家4A级旅游景区佘山国家森林公园（东佘山园、西佘山园、天马山园、小昆山园）、4A级景区上海辰山植物园和4A级景区陈云纪念馆和练塘古镇等。沿水道途中还有松江境内的天马乡村高尔夫俱乐部、佘山世茂洲际酒店、深坑秘境和3A级的蓝精灵之城乐园、稻米加工场、"二夏"墓、万亩良田、西部渔村和汤村庙古文化遗址等。青浦境内还有太阳岛（泖岛）旅游度假区和寻梦园农庄、香草园农庄、泖河水务世博生态林、太浦河南岸练高路上被誉为全市"最美八公里"的堤岸林荫道等。这段水路沿途有人文遗存、景区景点，是山水秀美、林木茂盛、逶迤绵绵、风光旖旎、景色优美、令人心旷神怡的旅游休闲线路。

重走"霞客上海古水道"，可沿水道岸边的"佘天昆公路"进行，最佳的方式是自行车低碳骑游或健身徒步。线路为：东佘山出发，经"外青松公路"转"佘天昆公路"至上海辰山植物园，观树赏花；沿"佘天昆公路"至天马山，观上峰寺遗址、护珠塔、三高士墓等；再沿"佘天昆公路"过横山去深坑欣赏深坑秘境和游3A级蓝精灵之城乐园；再沿"佘天昆公路"至小昆山，瞻仰二陆纪念馆、二陆读书台、九峰寺；再走乡村道路永丰路观万亩良田至汤村庙（即汤庙村），瞻古文化遗址；过华田泾，在青浦朱家角镇张马村游太阳岛度假区。此段约18千米（注：由于按原水路过泖河在此处无桥梁，须向北走沈太公路绕行10千米），顺便游寻梦园农庄和香草园农庄；后转入沈砖公路向西，绕过沈巷镇区再转朱枫公路向南至练塘。也可在朱枫公路过了拦路港大桥后拐入泖甸村，沿泖河西岸的水务世博生态林骑游。或过了太浦河大桥后骑游在练高路上，体验全市的"最美八公里"堤岸林荫道。最后至练塘古镇参观和瞻仰陈云纪念馆等。

今日提重走"霞客上海古水道"，一是为了纪念、学习和思考先人旅行探索的精神；二是可畅游美好山河，陶冶情操；三是可了解古今，增长知识；四是可健体强身。总之，重走"霞客上海古水道"是一项有意义的纪念活动，是一条风光旖旎的旅游休闲线路。

2012年3月24日初稿，2023年12月10日改写

霞客足迹——石梁飞瀑[13]

娄建源

"石梁飞瀑"这图景，在我的记忆中已留存46年了。1973年，我在《芥子园画传·山水谱》中看到此图景：一石梁横跨两山腰间，飞瀑穿梁而出，从悬崖峭壁上直泻而下，水雾追着云雾，极尽雄伟奇丽。5年后，有幸购得《芥子园画传（第一集山水·巢勋临本）》。仅为喜欢画谱中的山水画范图，闲时翻翻，独自欣赏，怡然自得。遗憾的是，我从未目睹过大自然中的"石梁飞瀑"。

知道石梁飞瀑景观在浙江天台山中，已是20世纪90年代的事了。那时去天台山旅游，行程中仅安排了国清寺和济公故里，并无游石梁飞瀑的安排。集体活动，只能作罢。10年后再去天台，还是去了国清寺。问导游，如去看石梁飞瀑，时间上行吗？回答说是来不及的。无奈作罢。再10年，受友人之邀去天台山，只奔华顶山观赏满山盛开的杜鹃花，与石梁飞瀑又是擦肩而过。

读《徐霞客游记》开篇作《游天台山日记》，文中详细记载了霞客先生游石梁飞瀑时的情景，"停足仙筏桥，观石梁卧虹，飞瀑喷雪，几不欲卧"，"雷轰河顽，百丈不止"。很羡慕霞客先生的随心所欲、自由自在。他曾先后三次游天台山，花时相加达19天，游遍天台山诸胜景，是真正的"深度游"。不像我们，仅是半天一天、一景两景的"到

---

13 原文首刊于《松江报》（2019年4月10日文艺副刊）。

此一游"式，很肤浅的。

今年初春，友人在天台山石梁镇边的浪水溪旁建起了民宿，邀我们前往体验。民宿离石梁景区不远，我便迫不及待地想去看看这向往已久的石梁飞瀑。

我们从景区的上入口进入，沿金溪而下，不一会儿便来到了中方广寺。此处，金溪从东侧倾泻而下，流过石拱古桥，与西侧大兴坑溪的"神龙掉尾"瀑布合流，一并向北泻去。紧贴寺庙高墙左侧边有一小段下伸的台阶，将我们引到石梁边上。这石梁顶部约0.3米宽、7米多长、2米多厚，两端下削，中央隆起如龟背。石梁左侧面上还刻有文字和图案，只是看不太清楚写着什么。泻下的溪水经过三折下坠，注入石梁下便不见了踪影。望着这石梁，我感觉在此俯身下望都让人害怕，可当年霞客先生竟会走上石梁，一直走到石梁的另一头，因对面大石挡住才折返。"从梁上行，下瞰深潭，毛骨俱悚。"可见霞客先生胆量也真够大的。

因被石梁所挡，看不清溪水坠落深潭的壮观。我们便折返上去，过寺前石拱古桥后拾级而下，经古方广寺至谷底深潭处。仰望这40米高处的石梁，就是一座天生桥。这石梁，我不知道是"水滴石穿"的结果，还是岩石风化的作用，或许还要早，可追溯到"第四纪大冰期"的冰川运动所致。这坠落悬崖峭壁的瀑布，如天上来水，白帘下挂，水声轰鸣，水雾腾起，朦胧而妖媚。不由得感叹大自然的鬼斧神工。这是天台山的造化，不愧为"第一奇观""天台八景"之首。由于光线处于逆光下，这景观似乎没有画中那么清晰。想想也是，绘画本身就是源于自然而精于自然的。

下到仙筏桥处，已是一片开阔，水流也平缓了许多。回望石梁飞瀑，成了绿色山林中的一条白练。至观瀑亭外，一尊"徐霞客"石雕像立于此处，他目光炯炯，在眺望着石梁飞瀑。我不觉疾步上前与他合影，并自语道：霞客先生，您对石梁飞瀑，可真是百看不厌呀！我也循着您的足迹，总算来了。

2019年3月15日

松江的"徐霞客"——倪蜕[14]

娄建源

在《松江县志·人物卷》中有倪蜕的简介。日前，拜读王永顺先生编著的大作《雄冠华夏——松江的中国之最》，对倪蜕这位清代学者的认识又加深了。寻思之下，感觉倪蜕就是清康、乾时期松江的"徐霞客"，是松江人的骄傲。

倪蜕（1668—1748），自号蜕翁，松江华亭人，家住薛山。"工诗文，善画山水，精书法，喜戏曲"，会唱曲。青年时每逢庙会、节日，他多次发起演出，社戏台上常能看到他的精彩表演，他善扮诙谐角色，演艺逼真，传神之处往往使人捧腹不止。有时他也自编剧目，游演于九峰三泖间，深受百姓的欢迎，时人称他为"戏曲怪才"。

康熙三十四年（1695），在倪蜕27岁那年，家境贫困的他离开故乡薛山外出，以游幕为生。从他后来写的词作中可看出，他先后到过苏州、淮安、宿迁、京城、武昌、汉口、西安、兰州、商洛、建宁、福州等地。

康熙五十四年（1715），47岁的倪蜕随出任云南巡抚的甘国璧入滇，在巡抚衙门当师爷。一次，他在与当地文人交往中，因不谙茶礼习俗，被人开了玩笑，由此萌发了要了解当地风俗民情，编写地方历史著作《滇云历年传》的设想。康熙五十九年（1720），云南巡抚甘国璧因案被革职，打算去西藏，请倪蜕同行，倪蜕因编纂云南史书的夙愿未成，婉

---

14 原文首刊于《松江报》（2021年9月10日文艺副刊）。

辞未去。

倪蜕居云南30余年，走遍滇云各地，做了大量实地考察，又翻阅了衙署档册，为编纂云南史志积累了大量资料。晚年，筑室于昆明石鼻村（今名鱼街子），因怀念故乡松江薛山，以"薛山十景"为名筑有宣晚堂、清莲池、景华桥，并建玉屏山（薛山旧名）房、蜕翁草堂，专事云南地方史籍整理和考证。当时《明史》尚未修成，明清两代的史料搜辑并不容易，倪蜕参考了不少方志、传说、笔记、史乘，参考所列引用史书130余种，可知他所费心力之巨。

乾隆二年（1737），年近70岁的倪蜕完成了《滇云历年传》专著。全书共12卷，前5卷依次是：帝尧至秦、两汉、三国至隋、唐五代、宋元；后7卷中，明代4卷、清顺治至雍正末3卷。记载了云南有史以来军事、平乱、灾赈、建制、沿革、赋役、蕃任、吏员增替、科考选举等方面的重大事件。他是中国最早编纂《滇云历年传》的作者，也是一位为云南史编写与研究做出重要贡献的清代学者。

道光初年（1822）左右，云南白族学者王崧编《云南备征志》时，特将倪蜕《滇云历年传》的后三卷收入，并改名为《云南事略》。道光二十六年（1846），《滇云历年传》雕刻版印行，流传甚广，深得现代史学家的称许。云南大学历史系教授方国瑜曾评价："倪蜕此书史料繁重，编撰专书，为前所未有之作……所载史事，多注出处，前后事迹安置颇具匠心，中多考证，亦见其为不苟之作。"

回过头来，将倪蜕与徐霞客做番比较。两人虽有不同之处，可相同点也确实不少。

徐霞客一生远离科举，不为仕途，为一介布衣。出游30年，走了21个省区市，以探究山川走向和江河源头为目的。撰写了60万字的《徐霞客游记》，其中有《盘江考》和《溯江纪源》（又名《江源考》）等地理著作，对奉为经典的《禹贡》中的长江是由"岷山导江"的旧说给予了纠正，提出金沙江才是长江的正源，被誉为中国地理学的重大贡献之一。

徐霞客在"西南万里行"到达云南后，在保山写成了专篇《永昌志略》和《近腾诸彝说略》。回到鸡足山后，受木增邀请，创修《鸡山志》。还撰写了丽江与其北各族关系的《丽江纪略》及有关西藏社会宗教制度的《法王缘起》等。

倪蜕一生也远离科举，不入仕途，为民间文史学者。出游40余年，走了10多个省区市，且踏遍云南各地，以收集考证地方史籍、民俗风情为目的。除著有《滇云历年传》之外，还著有《滇小记》（2卷），记载了云南各地大量的遗文传说、奇遇怪物、风土人情、山川特产、名胜寺庙，内容十分丰富，颇具地方风味，文字也清新可诵。倪蜕一生写了近万首诗词，并编撰了《蜕翁草堂全集》。因此有学者说他是一位"行万里路，作万首诗"的诗人。以上这3本书今皆收入在《云南丛书》之中。

这一切的一切，对倪蜕来说，是不是可称为"松江的'徐霞客'"呢！

2021年8月18日

行走泖河边[15]

娄建源

癸卯初冬的一天，我来到松江西部渔村，不是去钓鱼，而是去西侧的泖河边走走。泖河位于松江与青浦两区的交界处，为界河。我是想从泖河东岸眺望泖岛，不知能不能看到建于唐乾符年间刚修缮一新的泖塔，也想去看看当年徐霞客坐船由横山塘入泖河的位置。

泖河的前身是"三泖"中的圆泖和大泖处，历史可追溯到2000多年前的东江，也称谷水、谷泖、泖湖、泖水等，为古时太湖泄洪排涝之水注入杭州湾的主要通道。如在当时，我所处的位置应该就是在东江、圆泖之中。今"三泖"已成平田，也就只剩下这段泖河了。

我沿着河堤往北走。西北至东南向的泖河，在此处河宽有四五百米的样子。泖河北接淀山湖水，西迎太浦河的太湖来水。中间环流泖岛和小独圩岛（当地人称"小泖岛"），东南下游接横、竖潦泾和黄浦江，起着承上启下的作用。泖河从淀山湖入口至泖岛南松江区界称为拦路港。从泖岛南至小独圩岛段称为泖河。从小独圩岛南至"浦江之首"又称斜塘，这都是正式名称。其实，人们还是习惯将此河统称为"泖河"，毕竟古时有"三泖"，这"泖"字也寄托着人们的念想和情结。我不明白这条不足40千米的河道为何要分起三个名称。当然，名称不重要，河道的功能才是主要的，它

---

15 原文首刊于载《松江报》（2024年1月26日文艺副刊）。选入时有删节。

既是黄浦江的主要支流，也是泄洪排涝的主要通道，更是上海至江苏、浙江的内河航运大通道。

一艘货轮向着西北逆行而上，甲板上整齐地排放着20个集装箱，也不知货舱里还有多少只标箱。其载重应在百千吨吧，这河道的通航能力还是蛮大的。货轮在发动机的轰鸣声中渐渐消失在西泖河主航道上，我估计它大概率会转向不远处的太浦河，去江苏或浙江。

我对泖河、太浦河感兴趣已有好几年了。我曾上至位于淀山湖南拦路港口的报国寺，下至三江汇聚的"浦江之首"，在松江境内泖河南岸观看与小独圩岛跨河连接的"江南第一网"的起网捕鱼，也在"西部渔村"品尝过野生河鲜。我上过青浦泖岛去仰望泖塔，狭长的泖岛位于泖河的中间，占地160公顷。岛上建有高尔夫球场、度假酒店和养生温泉馆等。岛的左侧为西泖河，为主航道；右侧为东泖河。我也曾驾车行驶在青浦境内西泖河岸边的"水务世博林"，与10多位骑自行车健身的外国友人擦肩而过。我还沿着太浦河北岸一路向西行驶在堤岸林荫道上，并跨桥进入嘉善丁栅境。再向西至陶庄北的汾湖边伫望，汾湖连着太浦河，为江苏与浙江的省界。2000多年前，这里就是吴越的疆界。我还在练塘北的练高路上，沿着太浦河南岸由西向东南行驶在被誉为"最美八公里"的堤岸林荫道。这一段，由于河堤高，无防洪墙，视野开阔，环境景色很美。我在太浦河、泖河的岔口处观望着来来往往的货轮，想到这是苏、浙、沪三地经过前后48年分段开凿才通航的人工运河，功不可没。在泖河西岸，我也眺望到了泖岛上泖塔的"上半身"秀姿。我在东塘港河口的水闸前驻足，想象着当年徐霞客坐船入泖湖后，是"绝流而西"，横渡泖湖。"西过庆安桥，十里，过章练塘（指练塘镇）"，这里的前身是否就是古章练塘？今称为东塘港。过了章练塘集镇再转俞汇塘入嘉善。

那天，我看见泖岛最南端红白相间的航标灯，走到了泖河东岸离泖岛最近处，脑海里出现了一个有趣的区域划分现象，在地图上看，这泖岛上的南面顶端，有一块三角地竟然是属于松江地界，也不知平日里养护管理人员是坐船过去的，还是绕道青浦张马村的中新桥过去的，或是委托管理的？

此时，我已远远地望见了东泖河上连接泖岛唯一的大桥——中新桥。可脚下的路，却被一道上了锁的铁丝网门挡住了去路。这里已是两区交界处，不知因何封路了。于是，便往回走，再驱车绕经华田泾桥进入青浦张马村，来到了邱张塘入泖河的河口。而对面岛上的泖塔尖顶却还在西北处，再向北过中新桥桥洞后，才看清了泖塔的"上半身"秀姿。

徐霞客在《游记·浙游日记》中记载："入泖湖。绝流而西，掠泖寺而过。寺在中流，重台杰阁，方浮屠五层，辉映层波，亦泽国之一胜也。"霞客的这段描写怎不令人向往。沧海桑田，星移斗转。澄照禅院早已不在，而泖塔仍矗立千年。

行走泖河边，感慨泖河不仅连起了周边的江河，也连接了当年徐霞客"西南万里行"起始段的线路。

2023年12月8日

《明朝那些事儿》为何用"徐霞客"作结尾[16]

娄建源

10年前，阅读"当年明月"所著的长篇小说《明朝那些事儿》，这部讲述明王朝兴起和衰落的小说共分七册，253万多字，可谓是部巨著。作者用幽默诙谐、独特生动的语言讲述了明朝历代皇帝、首辅与官吏的事，开启了全新的讲史方式，并成为最畅销的明史学读本。该书的第七册（大结局）最后一章是用徐霞客的故事做终结的。读到此处时我很惊讶，怎么小说到最后会出现"一介布衣"徐霞客的故事并作为全书的结束？似乎有些别扭，徐霞客与朝廷皇帝、首辅、官吏没啥关系呀，可以说是"两股道上跑的车"，毫不相干的呀！我不解其意，当时也没去细思探究。

这天读《徐霞客游记》，突然想到那部《明朝那些事儿》的结尾，再翻阅此书此章，感觉作者这样写，很耐人寻味。作者在结尾处的原话是："所谓千秋霸业，万古流芳，以及一切的一切……与一件事相比，其实都算不了什么，而这件事它超越了上述的一切，这就是我想通过徐霞客所表达的，足以藐视所有王侯将相，最完美的结束语：成功只有一个——按照自己的方式，去度过人生。"

作者用徐霞客的故事作结尾，其本意是在告诉读者，明代官场上的权力争斗，如过眼烟云，终究会烟消云散。253万字的叙述，虽讲得幽默诙谐，但其内容也让人心情压抑。

---

16 原文首刊于《松江报》（2024年1月5日文艺副刊）。

故而他在完稿时，传递另一种的活法吧。人生短暂，有生之年，学习徐霞客，像徐霞客那样去做一些自己喜欢的、想做的、能做的、能做成的，特别是做几件对社会发展有益的事，这才是度过人生最有意义的活法。

的确，生活在明末时期的徐霞客，自幼"特好奇书，博览古今史籍及舆地志、山海图经"等，但他又不愿去参加科考，也不愿涉足明末腐朽的官场。他矢志远游，探究山川奥秘。在游历考察途中，他用科学原理解释了溶洞的自然现象；纠正了《大明一统志》的几多误载；考证了滇黔桂边界南、北二盘江分流千里会于贵州合江镇，写成了《盘江考》；《溯江纪源》（又名《江源考》），是徐霞客对奉为经典的《尚书·禹贡》中言长江为"岷山导江"说的纠讹厘正。这是徐霞客敢于摆脱经书、尊重客观真实的可贵胆识，被誉为中国地理学的重大贡献之一。

徐霞客的人生轨迹大致是：博览群书，特别是史志类的书籍，增长知识，在读书中发现问题，产生疑问，引起思考，再带着疑问去游历、去实地考察，纠讹厘正，得出自己的结论。他对自己所关注的事，是一件又一件地去落实，脚踏实地地去完成。这位"千古奇人"以30年的"奇游"，为后人留下了60万字的"千古奇书"《徐霞客游记》。这就是按照自己喜欢的方式，度过了一生。他就是这样一位名副其实的成功者。

2023年11月26日

中编

纸上卧游话佘山

一、诗赋佘山

自题月轩诗

轩前轳辘转冰盘，轩里诗成彻骨寒。

多少人来看明月，谁知倒被月明看！

（正德《松江府志》）

德聪（944—1017）

俗姓仰，姑苏人。初受戒于梵天寺，参诸方，密契心印。太平兴国中，结庐松江佘山之东峰，有二虎名大青小青为侍。

次韵叶梦得游西佘山

秋霖喜新霁，裹饭山中游。遥指大夫桥，闲泛野人舟。

追随得胜客，雅趣同沧洲。山路已清绝，昊气况蓐收。

乱石蹲狠羊，苍官耸髯虬。古寺亦何有，森森潇洒侯。

忘怀一笑粲，更以大白浮。翰林廊庙姿，席珍韫天球。

如何问三径，更复寻一丘。升高涩投足，陟险眩回眸。

洞庭四万顷，旁占铠脚口。中有东西山，千奴熟霜秋。

孤亭快写望，欲去更少休。菟裘便可卜，何必依先畴。

徘徊共怀古，徂岁真如流。封侯昔此地，顾余乃诸刘。

一朝失茅图，窘急须人周。雍门曲池叹，事往将何求。

云木余参错，烟岩自深幽。人生行乐耳，慎勿曲如钩。

（《丹阳集》卷十七）

次韵郑维心游西佘山二首

云巘瑰奇甲震州，不须幽境更旁搜。

从来知是通侯国，此段方从胜客游。

闰岁春迟空水树，雨时溪涨失沙洲。

吾衰久矣欲何适，更为前山一上楼。

顾佘峰好锁云烟，入寺窥临信所传。

衣袒右肩从衲子，屧除前齿陟山巅。

一杯相属直宜醼，四者难并偶幸全。

亭号弄云谁作记，紫枢当日笔如椽。

（《丹阳集》卷二十）

葛胜仲（1072—1144）

字鲁卿，常州江阴人，徙居湖州吴兴。哲宗绍圣四年（1097）进士。谥文康。于两宋间有政事、文学兼能之誉。著有《丹阳集》传世。

佘山月轩

爱月开轩绝顶间，屹然危创压层峦。

剪除群卉当檐尽，添得青光满槛看。

乱石云堆秋色冷，老松风入夜声寒。

十年梦寐江乡景，杖屦终期日倚栏。

（绍熙《云间志》）

朱伯虎（生卒年不详）

字才元，嘉兴人。嘉祐六年（1061）进士。曾官广东转运使，仕至左朝散大夫，知随州，赠太子少师。

佘山

三峰高远翠光浓，右列仙宫左梵宫。

月落轩空人不见，野花山鸟自春风。

（正德《松江府志》）

凌岩（生卒不详）

字山英，号石泉。靖康中，自汴随跸南迁，徙居华亭。宋亡，隐居九峰中，足迹不入城市，一放于诗，锵鸣秀拔，有大历之风。著《古木风瓢集》《九峰题咏》。郡中九峰，次第题标，昔人称为"山史"。

佘山

祖传旧有佘氏墓道于此，因名焉。

人与室俱化，阴森松竹寒。时时见孤鹤，疑此守神丹。

（《华亭百咏》）

秀道者塔

在佘山，秀昔庐此，山有二虎侍之，后自建塔于山巅。

建毕，还积薪自焚，止存此碑。

辛勤成雁塔，俄赴积薪焚。静夜眈眈影，疑来护刻文。

（《华亭百咏》）

许尚（生卒年不详）

号和光老人，华亭人。宋孝宗时以诗负名，有《华亭百咏》一卷，收诗一百首。

正月二十有六日余与邵青溪张林泉会胡万山夏雪蓑俞山月高彦武张宾旸于佘北逾岭而南访陈孟刚席上分韵得船字

桃源只在人间世，三老相逢莫问年。

清昼喜陪多士集，紫霄只恐德星躔。

香蒸云液行琼斝，花簇珍馐钉绮筵。

一棹归来潮正落，溪头好似米家船。

（《南村诗集》卷二）

陶宗仪（1316—1403后）

字九成，号南村，浙江台州黄岩人。元末为避乱客居泗泾，筑"南村草堂"，几十年间以著书授徒为乐。工诗词，精书法，勤著述。著有《南村诗集》《沧浪棹歌》《说郛》《南村辍耕录》《书史会要》等。

过姚孟麟元鳢佘山溪堂

堂依佘北涧，泥滓净毫纤。空翠润侵幌，水衣光动帘。

燕毛情每洽，荐鲔味时兼。一酌佳兄弟，家兴让与廉。

（《梧溪集》卷三）

过佘山聪禅师道场同曦南仲送昭晦岩上人游五台

踶啮神骏姿，一日千里驰。道林爱成癖，盖抱才不羁。

惟昭东佘士，十载蝇钻纸。夜形骆驼梦，欲饮流沙水。

兹为五台别，其山绝恼热。鹫采照春冰，羊角抟夏雪。

塞向鸊歇鸣，启户绿暗槛。空中青猊驾，云端宝花阙。

地昔安坐具，石壁光发素。北朝祂裘君，无复荐游豫。

凡所相属妄，自见性乃悟。聪老望归来，金精立双树。

（《梧溪集》卷七）

题虎树亭（有引）

　　赵宋聪禅师住华亭佘山时，有二虎噬人，师降服之，命名曰大青、小青。师卒，虎亦死。弟子瘗之塔傍，逾年生银杏树二，今尚存。主僧隐公辟亭树，闲匾曰虎树。征逢题是诗。

　　舟泊东西客，诗招大小青。山高白月堕，草偃墨风腥。

　　植物钟英爽，精蓝被宠灵。凉阴慎剪伐，留护石函经。

（《梧溪集》卷三）

王逢（1319—1388）

字原吉，号最闲园丁、最贤园丁，又称梧溪子、席帽山人，原籍江苏江阴。才气豪爽，敏而好学。元末，为避战乱，徙居松江府青龙镇，筑寓舍命名为"梧溪精舍"，自号"梧溪子"。写诗多用典事，诗格沉郁，气息悲凉。所作《黄道婆祠》诗，乃今存最早歌咏松江府黄道婆业绩的诗作。

寄题佘山普照寺

塔锁聪公影，坟荒少保邻。绿苔侵古桧，黄叶下高椿。
宝殿秋云合，云廊月色新。两山青远送，长夜赖谁巡。

（《玉笥集》卷八）

佘山道中

老树排云石径斜，炊烟起处有人家。
一声啼鸟春成夏，新绿满汀浮柳花。

（《玉笥集》卷十）

张宪（约1320—约1373）

字思廉，号玉笥生，山阴人。曾从杨维桢学作诗。张士诚据吴中，曾招之为太尉府参谋，迁枢密院都事。明兴不仕。诗歌长于乐府体和歌行体。著有《玉笥集》。

佘山

麟洲鹿苑带烟霞，上有先春日铸茶。

爱月不逢聪道者，青山无语疆名佘。

（正德《松江府志》）

钱惟善（生卒年不详）

字思复，自号曲江居士、心白道人、如一道人、武夷山樵者，浙江钱塘人，曾移居华亭。元至正元年（1341）举人，历任永嘉书院山长、傅贻书院山长、江浙行省儒学副提举。早年有诗名，为"铁崖诗派"重要作家。元末避乱松江，与杨维桢、陆居仁交游唱和。卒后，同葬天马山东麓，并称"三高士"。有《江月松风集》传世。

陪陆友章登佘山值雨

行乐非无分，依违必有因。江山能爱客，风雨故留人。

蓬底茶烟湿，樽前竹叶醇。米家船似屋，到处白鸥驯。

（《笑端集》）

董纪（约1326—?）

字良史，以字行，更字述夫，号真率道人。上海人。著有《西郊笑端集》。

秋日入佘山观昭庆三栝松

云间山水称绝奇，简远开豁无不宜。

村村花柳足佳丽，亦有落落蛟龙姿。

新秋晴日照古寺，鸣丝偃盖风离离。

阁前两株疏且瘦，左右拱揖如佳儿。

独怜众草没昙院，不见十尺围桐皮。

稍偏一株在东麓，蓊翳拔起三虬枝。

擎空似欲拿云雨，匝地更与成涟漪。

我闻佳树以地贵，豫章赤水非人为。

云间栝松重昭庆，往往盆盎时见之。

此来得共恣幽赏，山深谷暝何迟迟？

未嗟才大难为用，颇恨地僻稀相知。

摩挲风霜有古意，指点时代多遐思。

东廊一僧最朴野，导我屋角开重篱。

为言秋高八九月，风前落子堪萌滋。

迩来区赋要往役，此事久废从先师。

山中岁月已如此，世上风波纷路歧。

坐成三叹倚石壁，欲别未别空犹夷。

苍髯戟戟老发秃，白云冉冉游丝垂。

此山九峰居第一，谁为姓佘谁所遗。

或云种茶似阳羡，吴歈楚调聊相随。

陆家放鹤还沙际，张季思鲈今水湄。

他日青松能待我，茯苓琥珀总宜诗。

（《俨山集》卷三）

陆深（1477—1544）

字子渊，号俨山，松江府上海县人。弘治十八年（1505）进士。历官国子监祭酒、浙江提学副使、四川左布政使。后召为太常卿兼侍读学士，进詹事府詹事。卒谥文裕。书法妙逼钟王，擅真、草、行书。家富藏书，撰《江东藏书目》《书辑》。工文章，著有《俨山集》《远山集》。

蟒衣留镇慧日寺

慧日院佛像落成，予仿东坡解带故事，遂奉世庙钦锡蟒衣一袭付圆实留镇山门，因赋一绝。

单衣露冷宿昙华，误绾宫袍傍帝车。

拈向山门君莫笑，细看还是旧袈裟。

（万历《青浦县志》卷七）

徐阶（1503—1583）

字子升，号少湖，又号存斋。松江华亭人。嘉靖二年（1523）进士。由编修累官至礼部尚书，入内阁，为首辅。卒谥文贞。著有《世经堂集》《少湖文集》。

题慧日寺衲衣（有序）

万历丁酉时，予年八十有九，以向所衣衲衣一袭付慧日寺留镇山门，手书偈云。

解组归来万虑捐，尽将身世付安禅。

披来戒衲浑无事，不向歌姬为乞缘。

（万历《青浦县志》卷七）

陆树声（1509—1605）

字与吉，华亭人。嘉靖二十年（1541）会试第一名，选庶吉士，授编修。历官礼部尚书，赠太子太保，赐祭葬，谥文定，祀乡贤。著有《平泉题跋》《陆学士杂著》《陆文定公集》。

西霞山诗（并序）

西霞山者，华亭西佘山之别名也。肇自铁崖外史，少尝读书其中，因以为号焉。迨嘉靖癸卯冬十月望，夜卧山房，梦行林麓，地甚幽迥，得石门，题曰"西霞山"。遇羽士数人。导之入，楼台掩映，花木蔽亏，风景异人世。冥搜极览，娱乐久之，岂仙都世外复有所谓西霞者乎？不可知也。觉而怪焉，赋诗记之。

我本烟霞姿，雅志在丘壑。弱龄思远游，气欲凌五岳。
凤想悬丹霄，鸾情渺玄廓。早缘物务婴，未遂仙都约。
寻真忽愆期，采秀乘宿诺。西霞故名山，仙源窈而扩。
神游讵无时？选胜欣有托。山灵故相招，贞心应不怍。
翩翩蹑紫烟，芙蓉宛如昨。玉峰千丈飞，瑶泉半空落。
上仙授真符，长生窥秘钥。玉女舞霓裳，金童跨朱鹤。
琼楼锦绣披，珠阁星斗错。松色昼苍苍，桃花春灼灼。
氤氲异香飘，仿佛天籁作。洞门日月开，仙路云烟拓。

依依未忍还，历历咸可乐。窝来尘世纷，转觉利名薄。
倘毕向平期，定采勾漏药。题诗报山灵，良足慰寂寞。

（乾隆《青浦县志》）

董宜阳（1511—1572）

字子元，号紫冈山樵，别号七休居士，先世于宋南渡之时从洛阳迁居吴会，再徙沙冈。屡试不第，遂弃科举，专攻诗、古文辞。诗宗高适、岑参，晚年尤喜长庆元白体。擅写古诗，诗作清醇、林茂、典雅。尝住紫冈，筑紫冈草堂，人称"紫冈"先生。于乡邦文献收辑甚丰。

刘圣舆邀游佘山

不尽登林兴，还随杖屦忙。眼青山有色，杯绿水无光。
谷树藏云黑，汀花杂雨香。歌声留婉转，差可妒莺簧。

（《石秀斋集》卷五）

西佘观梅

剡曲人乘夜雪来，山花候客已争开。
驱笻纵屦供诗草，落日浮云共酒杯。
几树暗香催玉糁，半空仙梵下瑶台。
不因吾党才情合，惨淡春愁未可裁。

（《石秀斋集》卷九）

莫是龙（1537—1587）

字云卿，后以字行，更字廷韩，号秋水，又号后明、碧山樵、虚舟子等。华亭人，莫如忠长子。十岁善属文，十四岁补诸生，有"神童"之誉，王世贞、皇甫汸等极称赏之。倾心古文辞，兼擅书画，以贡生终，终生未仕。曾先后与梁辰鱼、陈芹等于金陵鹫峰、青溪结社，尤长于五言诗。有《石秀斋集》《廷韩遗稿》等。

赠陈仲醇征君东佘山居诗三十首

岿然耆旧表江南，东佘云泉恣所探。
广大代推风雅主，萧闲时共佛僧龛。
空庭籁起闻吹万，月幌杯深对影三。
辛苦山灵驱俗驾，肯容城市讶苏耽。

文伯顽仙尽自兼，何须黄纸署名衔。
山开窈窕藏书洞，径翳荒榛避诏岩。
老衲或来煨橡栎，橐驼尝倩护松杉。
虽然豪气屏除尽，闲咏荆轲未是缄。

百感中来不自拈，侧身西望佘峰尖。
论交云雨今方见，阅世阳秋晚更严。
危语逼人何咄咄，大言是处可炎炎。
闻君近发琅函秘，已展红牙第几签。

名僧会里事瞿昙，能结孤峰白石庵。
河泊谩夸闻道百，狙公何意赋朝三。
清华水木如濠上，弘奖风流自汝南。
却笑昔人高士传，不将同世一为参。

无限离离压杞楠，树犹如此尔何堪。
烟波狎主谁争长，山泽虽癯已战酣。
绝域也知珍尺一，高轩奚事谬朝三。
犹嫌住久人知处，见说游鲲欲徙南。

玄味曾同草木参，廿年相对老江潭。
竹林把臂今余几，莲社过桥笑有三。
赠我绮琴都不报，求君青李还能函。
故人若喜彭笺在，金鼎琼文事可谙。

当年游宿遍名蓝，紫柏禅师奉麈谈。
受记可称千佛一，论文曾许两都三。
应将绮语卑江左，直溯宗风自岭南。
莫讶绳床留半席，庭前树子早同参。

餐取峰霞坐翠岚，云根剜出小终南。
窗悬虚室常生白，帖仿萧斋欲过蓝。
山长旧来鸿自一，市喧还笑虎成三。
应怜惠子能知我，雅道寥寥有荷担。

箬笠扁舟白马谈，浮生忽已鬓毵毵。
无能九土游其八，不朽千秋共此三。
曲水竹林分左右，青山宾主列东南。
此中但可吟风月，百尺陈楼一草庵。

端居突兀起毗岚，是处清凉现钵昙。
漱石更兼芳润六，御风时见素云三。
彩天剩有书经叶，碧涧疏为洗砚潭。
身隐无文真用短，试看碑板大江南。

洼盈轩画为谁拈，著配倪迂也自谦。
枯木悠悠凭隐几，芙蓉片片见开帘。
即今呼马能无应，但说犹龙好用潜。
养鹤栽梅成底事，未曾驱役老长髯。

清时岂有放江潭，故里风烟不可堪。
已分浮家苕霅曲，忆曾对宇岘亭南。
人间鸟道丸封一，世事桑田海阅三。
褊性幽栖真不恶，骊珠先已被君探。

谁言司马滞周南，若比嵇康更不堪。
笔采愧开花七七，樵青尝扫径三三。
多君素业寻堉壤，何物闲勋抵石函。
如此盘桓成二老，北山安得有林惭。

征君名姓彻宸严，谷饮岩栖宝不贪。
称意沙鸥随上不，论才竹箭美东南。
荡胸震泽吞能九，开径柴桑益有三。
尽为草堂拈胜概，留将山史作佳谈。

颂酒深衷岂放悭，二豪何以视耽耽。
将因巢许为师友，自与羲皇作子男。
清浅锦机襄转七，纵横雅爵醉挥三。
孝标虽有伤时论，未见山中此盍簪。

钟牙缅邈别家惭，试向瑶琴古调参。
怀友经春哦渭北，教儿当日笑城南。
梦中蝴蝶花光湿，池里蟾蜍墨雾含。
只鹤畸人形共影，故应待我鼎为三。

洗耳应停朝市谈，忧时词客未为惭。
遥闻羽檄飞辽左，何日穹庐扫漠南。
虎豹愁人关自九，马牛更仆语成三。
希夷居士今如在，高枕高歌莫太憨。

瑶草金光向此探，我来风日正清酣。
夷门布席恒虚左，栗里悬窗故倚南。
竟有声名输第五，耻将禅草说登三。
可知嘉遁能终吉，龟策何劳季主参。

平生挥麈解围谈，名理尤从老境谙。
得失浑忘闻塞上，春秋成癖北征南。
潜虚祇用龙初九，忌满何如月出三。
可道太玄犹寂寞，好玄今已有桓谭。

十载村居傍酿潭，村农村姥得相参。
玉壶观世龟藏六，竹简雠书豕渡三。
只见陶公怡岭上，谁知剑客是图南。
近来宝晋先王略，不作兰亭聚讼谈。

今古闲愁了不担，翛然方内有鸾骖。
谷名子午真盈一，坐守庚申不但三。
处士占星常斗北，诗家挹酒或箕南。
为君署取凉心馆，若个游人肯细参。

为事丹铅不种蓝，闲将草木志稦含。
斩新松傲秦封五，娟秀花开少室三。
流咏须臾成洛下，徵图早晚诏江南。
凭君醉舞回双袖，长卿驱为拾月潭。

忽忆驱车过楚潭，德山犹有德山庵。
岩峣鹫岭衔天半，直截牛车见佛三。
般若无知传教外，菩提非树本宗南。
前身金粟维摩是，丈室相看已罢参。

渐剪茅茨渐卓庵，图书成府亦潭潭。
词坛悬帜多奔北，古路先驱作指南。
常有玉晨资赍十，未闻石户羡徵三。
北来门外维舟惯，不为乘风利涉贪。

别有超超上驷骖，拈来恐似老生谈。
逍遥不必溟飞北，炳蔚端成雾隐南。
掷地赋声如振万，先天玄理自函三。
枕中一卷庖羲易，祗觉王何思未覃。

忆昔论交自筱骖，虽更出处岂商参。
阮家犊鼻贫骄北，先世狐书史愧南。
岂有风流分仲二，差怜骨相共朋三。
壮君笔力能扛鼎，不为清羸弛负担。

山叟从无对影惭，科头露坐过仍甘。
关情空谷肠回九，绝意王门足刖三。
草什忘忧都树北，风能解愠自来南。
暖尘不上清虚界，酒德文心日共酣。

东轩曝背语成函，一饭忘君未可甘。
主帅穷兵真计左，胡儿牧马渐过南。
沙场白骨高寻丈，御府朱提岂再三。
却把国殇连太乙，九歌深意许谁参。

誓比黄河开国男，酬恩当取虏头函。

镜中鱼鸟频虚伍，笛里梅花漫奏三。

美酱几时陈戏下，槁砧何在咏扶南。

翻惭梁甫行吟者，绝塞山川聚米谈。

满贮诗囊不待探，风流胜赏事偏谙。

寄愁直欲还天上，招隐时闻过水南。

有橘可能摛楚颂，无花大类说燕函。

凭高辄吐惊人句，为道平生僻性耽。

（《容台集》诗集卷三）

陈眉公写东佘山居图卷

独往山家歇还涉，茅屋斜连隔松叶。

主人传语未开门，绕篱野菜飞黄蝶。

鸟丝白练是生涯，但向沧江问米家。

闻说远山多妩媚，可知矮树似枇杷。

（《东佘山居图题跋》）

董其昌（1555—1636）

字玄宰，号思白、香光居士，华亭人。万历十七年（1589）进士。官至南京礼部尚书，谥文敏。书法从学颜真卿入手，后改学虞世南，又转学钟王，并参以李邕、徐浩、杨凝式等笔意，自谓于率易中得秀色，其分行布白，疏宕秀逸，甚具特色。与刑侗、张瑞图、米万钟并称"明末四大书家"。擅山水，学董源、巨然及黄公望、倪瓒，讲究笔致墨韵，画格清润明秀。画论上标榜"士气"，以佛家禅宗喻画，倡"南北宗"之说，并推崇"南宗"为文人画正脉，但同时也主张作画须"读万卷书，行万里路"。著有《容台集》《容台别集》《画禅室随笔》等。

书山居

余山居有顽仙庐，有含誉堂，有蘦庵，此在南山之麓者也；有高斋，有清微亭，此在山之中央者也；有点易亭，有水边林下，有磊砢轩，此在山之西隅者也；有喜庵，道经山之上下，必取道焉，此依山近岸者也。山有松，有杉，有梧，有柏，有樟，有梓，有椿，有柳，有桃，有李，有石楠，有修竹，其下有梅，有杏，有紫薇，有丛桂，有枫叶，大率皆有之。更多西府玉兰、石榴、大柿、异种芙蓉、高柄大红藕花。石刻有东坡《风雨竹碑》、米元章《甘露一品石碑》、黄山谷《此君轩碑》、朱晦翁《耕云钓月碑》。墨迹有颜鲁公《巨川诰》、倪云林《鸿雁柏舟图》又《良常草堂图》、黄鹤山樵《阜斋图》、钱舜举《茄菜图》、梁风子《陈希夷图》、梅道人《竹筱图》、赵松雪《高逸图》，吾明文沈以及玄宰不暇记。山装有汉钩、金鸠首、槲叶笠、箬笠、杨铁崖冠、木上座松化石、陆放翁松皮砚、米虎儿研山书。山友有田父、汉丈人、且且先生、阿谁公；方外有达老汉、云栖老人、秋潭和尚、麻衣僧、莲儒、慧解、微道人，时来作伴。荒山向无兔，今有兔矣；向无画眉，今有画眉矣；向无客，今有客矣。远渐桃源，近渐子真谷口。东坡云："行年六十，世间滋味已略见矣，此外除见道人皆无益也。"然哉！

（《白石樵真稿》卷二十一）

【山花子】山居杂咏

蜂欲分衙燕补巢，清和天气绿阴娇。一阵窗前风雨到，打芭蕉。　　惊起幽人初睡午，茶烟缭绕出花梢。有个客来琴在背，度红娇桥。

（《倚声初集》卷六）

陈继儒（1558—1639）

字仲醇，号眉公、麋公，华亭人。诸生，隐居松江，自称"山中宰相"。诗文书画兼擅，与董其昌齐名。其诗文主张与公安派较为接近。书法师法苏轼、米芾，萧散秀雅。善画水墨梅花、山水，倡导文人画，持南北宗论。一生著述颇丰，有《陈眉公先生全集》以及《闲情野史》《珍珠船》等。另编有《宝颜堂秘笈》《古文品外录》《国朝名公诗选》等。

西佘山居记

吾松水肤而山骨，而林木修美，更为之衣裳毛羽焉。盖分秀于天目得其骨，借润于震泽得其肤，而气趋东南，地暖宜木；且南接武林，北距金阊，卖花佣日载名卉，高樯大艑而至，宜其衣裳之日加丽，毛羽之日加丰也。以故九峰三泖间，处处有花木之胜，而东西二余，尤为山水结聚处，花木为尤蕃。予山居在西余之北，东余之西。西余耸峭而尊严，东余委蛇而飞翔，予之饮食坐卧，皆在其空翠中。玉屏山亘其东北，势若腾舞而至。更有一山，如鱼背，如眉棱，半隐半现，意致羞涩，则凤凰山之介出于东余、玉屏间也。别有一点苍翠，在平畴漠漠中，若醒若睡，不衫不履，则北竿山之离群独处，而踉蹡于烟草外也。揉蓝萦带，屈曲柔妩，轻和淡荡，似一隽人，则山泾之涨腻沦涟，而周遭于两余下也。此山水之大凡也。

予山居则疏疏落落，而点次于山水间也。在山腹者曰"半闲精舍"，本为先人墓地，于此供僧忏佛，故名。中堂曰"春雨"，其前平田远水，一目千里。西偏曰"无梦庵"，卧处也。万松在窗外，蒸云鸣雨，夜枕幽绝。东偏曰"诗境"，晏坐处也。窗外纯竹。东余作正绿色，在竹中间探头如戏。其前为"散花台"，出万竹上，每于此饭鸟，鸟闻木鱼磬声则下。竹间有小径，接"太古斋"，斋小如髻，他处犹闻樵斧人足声，至此万籁俱寂，惟闻鸟啼叶落，而闲鸟无求，声不多作。盛夏草木怒生，叶亦不落，但竹风萧萧而已。每岁暑月，为挂瓢晞发之地。此山腹之大凡也。

降及山腰，有亭翼然，曰"霞外"。其背背松，其面面桃，上径径松，下径径桃；更有梅花三四十株，作一堆雪，当桃花尽处。桃径凡三折：一折皆单瓣，开差早；一折皆千瓣，开差晚，两桃继发，艳可逾月；一折纯种桐，桐尽复种桃。而邻家松竹更互相掩映，可称绿天红雨，绣幄香茵。每值春时，为名姬闺秀斗草拾翠之地。此山腰之大凡也。

渐近山足，为"就麓新居"，初作屋山上，巳又作屋山下，故名。辟两板扉，有疏篱曲水，细柳平桥。水上天桃，照天耀日，人行花间，头面尽赤。入中门，榜曰"北山之北"，繁荫郁然。下有曲径，抵方池，度斜桥，桥南北皆植梅。有老梅一株，是为"梅祖"，狂枝覆地，轻梢剪云，与池上垂杨，黄金白雪相亚。而出，有斋两楹，面山临池，曰"三影"。予号子野，好为小词，故眉公先生以此名之。每岁催梅观荷于此，更为花朝视花之地。斋后疏竹高秀，朱栏拳然。启其后户，达于小楼，曰"罨黛"。四山环之，翠色欲滴，阴晴改容，瞬息万状，雪朝月夜，于此最胜，此予坐卧处也。自楼而东，作轩三间，曰"语花"，有旁室，曰"蕉雨"，莫不花来镜里，树入床头。山眉雾鬟，绿生枕上，此朝云通德杂处处也。三影斋之西偏，为"西清茗寮"。窗外有古梅修竹，蓄木奴数头，更种睡香一带，接"众香亭"。梅花开时，睡香助馥，氤氲酷烈，闻二里许。疏云淡月之夜，薄醉微吟于此，令人恍恍有春思。亭前多桂，仰不见天，幽草闲花，众隶香国。每岁秋时，觞桂于此，更为月夕酹月之地。径折而南，启小门，入疏竹，有屋临水，扁曰"竹阑水上"。水月摇窗，风篁成韵，此留客止宿处也。中间为"秋水庵"，庵下是水，水上是竹，竹外是山，山上是桃，花时万斛红涛，势欲浮屋。庵前高梧数株，壁立耸翠，更作"香霞台"，每岁锦茵绣幕，为牡丹洗妆于此。水折而东，稍稍深阔，作轩其上，为"聊复轩"。

轩内作暖室，曰"一灯十笏"，中供如来及纯阳祖师像，每清斋禅诵于此。轩前为"濯锦台"，台之东岸皆桃花，更有疏柳依依，高出其上，而东余烟翠，复衬其外。每岁柳绵飞时，送春于此。从轩而南，有小桥曰"济胜"，朱栏雁齿，达于竹外。绕径皆芙蓉，乃聊复轩东岸也。山展一足，插入短垣，就其高处筑一草阁，曰"妍稳"。轩中看桃已胜，而于此更为奇观。盖凭高俯眺，万锦毕集，红白交加，深浅互出，正恐武陵无此奇艳！每岁携妖姬韵士，问桃于此。阁不甚弘敞，然而据地独高，颇得诸胜。登此则三影斋之梅、西清茗寮之竹、罨黛楼之雪月、众香亭之桂、秋水庵之水竹、聊复轩之桃柳、济胜桥之芙蓉，以至霞外亭之桃梅，春雨堂之松竹，无不可坐而致也。此山足之大凡也。

予盖经始于丙辰之冬，迄于丙寅，首尾十载。初作春雨堂，次作霞外亭，次作三影斋，次作西清茗寮，次作罨黛楼，次作秋水庵、聊复轩，次作语花轩，次作妍稳阁。盖贫翁不能顿办，且花木渐次成章，乃因而补赘之。此则予营作之大凡也。

予性苦城居，颇乐闲旷。己未冬，移家泖西，而每岁春秋，必来山中，或侵寻结夏，至十月而归，而梅花时又遄至矣。居山中，雨不出，风不出，寒不出，暑不出，贵客不见，俗客不见，生客不见，意气客不见，惟与高衲羽流相知，十数人往还。有见访者，杀鸡为黍而食之，无珍肴，家常五品而已。凡四时风景，及山水花木之胜，皆谱撰小词，教山童歌之。客至，出以侑酒，兼佐以箫管弦索。花影杯前，松风杖底，红牙隽舌，歌声入云，亦甚足为耳轮供养矣。更作一钓船，曰"随庵"。风日和美，一叶如萍，半载琴书，半携花酒，红裙草衲，名士隐流，或交舄并载。每历九峰，泛三泖，远不过西湖、太湖而止。所得新词，随付弦管，兴尽而返，阖门高卧。有贵势客强欲见者，令小童谢曰："顷方买花归，兹复钓鱼去矣。"此则予居山之大凡也。

嗟夫！金谷繁华恐不祥，平泉痴拙恐不必。予惟是因山省挑筑，因水省浚治；花木择其易活者省培植，且择其易办者省物力；简便而措之，平淡而享之。但觉山水花木，自来亲人，而我无应接之烦，是乃可为真享受矣。予且逍遥目前，安分知止。百岁之后，安知其不为子孙卖，不为势家夺，不为平田耕，不为虎狼穴，不为兵寇焚，不为樵竖截？此事理之必然，无足讶者。予维记之一片石，使芜没之后，或有得断碣者，知此地曾有室庐，有卉木，有人文采风流于此，今且鞠为茂草，不复辨处。倘其人有心，当为之抚膺一长叹耳。《记》凡刻三石，一沉三影斋池心，一藏散花台下，一沉北山泉底。"北山泉"者，山居之井名也，清淳芳美，堪比慧泉，予曾有铭记，不及载。天启六年岁在丙寅，五月五日，峰泖浪仙施绍莘记。

（《秋水庵花影集》卷三）

【浪淘沙】西佘山居

早起便看山。暮也看山。前山重叠后山弯。更有一峰奇秀也，直近栏杆。　　岩外杏花残。翠里红斑。山头无雨亦常烟。白鸟飞来点破也，在有无间。

（《全明词》）

施绍莘（1588—约1630）

字子野，号峰泖浪仙，华亭人。屡试不第，纵情诗酒。好治经术，工古今文，旁通星纬、舆地、道、释九流之术。屡试不第，弃举子业，致力于词曲写作。其先世富甲一方，乃建园林、置丝竹以自娱。万历四十四年（1616）筑舍西佘山之北。三年后，又建别墅于南泖之西。在此二处，筑有三影斋、众香亭、秋水座、罨黛楼、聊复轩、竹间水上、西清茗寮等各具风格的建筑物。又筑室名春雨堂、泖上新居等，并于水涯山坳间遍植松、竹、桃、柳、芙蓉、牡丹等花木，形成一风景区。善音律，以散曲及词名著一时。著有《花影集》。

偕万年少、李舒章宿陈眉公先生山房

与客俱好静，夕阳水上寒。遂由晚山下，颇历幽人端。
乌鹊振风起，松杉入照残。夜深更语笑，朗月畏相看。

连袂上云岫，寒心各自知。预营高士墓，乃筑仙人祠。
江海鸟飞内，冰霜月起时。幽幽林木下，浩荡不能思。

（《陈忠裕全集》卷十三）

陈子龙（1608—1647）

字卧子，号大樽，松江华亭人。崇祯十年（1637）进士。曾与夏允彝等组织几社。南明弘光帝时任兵科给事中。清军破南京后，在松江起兵，称监军。起义失败被捕投水死。诗词俱佳，被誉为明诗殿军。有《陈忠裕公全集》，另编有《皇明经世文编》。

【木兰花慢】怀陈仲醇

记龙潭握手，又隔岁，夏初临。笑延陵病叟，支离滑介，寒暑相侵。遥想真人天际，佘山隐、九岭啸清音。名高紫塞，望腾丹陛，迹寄珠林。　　文场千古独超群。探秘笈，学富怀蛟，才雄辨，马书并来禽。喜当年结袜，才题品、燕石宝华琛。何日元龙策驭，德星载聚江浔。

（《全明词》）

夏树芳（生卒年不详）

字茂卿，一说字方卿，又字习池，江阴人。万历元年（1573）举人。著有文集《消暍集》。纂辑《栖真法》《酒颠》《茶董》《奇姓通》《词林海错》等书。

访陈眉公佘山作

圣主方前席，何时遂入林。松酣白日晦，石奥翠痕深。
案错商周物，诗馀雅颂音。短宵然烛继，残月畏寒侵。

夜色恬胜昼，谈锋捷助吟。频行犹暂止，私念得重临。

（《黔诗纪略》卷十七）

其杰（生卒年不详）

字自兴，一字卓凡，又字汉房，贵阳人。万历三十四年（1606）举人。著有《蓟门》《白门》《横槊》《知非》《屡非》诸集。

九峰诗九首·佘山

溪堂剪烛话征君，通隐升平半席分。

茶笋香来朝命酒，竹梧阴满夜论文。

知交倒屣倾黄阁，妻子诛茅住白云。

处士盛名收不尽，至今山属佘将军。

（《梅村家藏稿》卷十七）

题思翁仿赵承旨笔

佘山云接弁山遥，苕霅扁舟景色饶。

羡杀当时两文敏，一般残墨画金焦。

（《吴梅村诗集笺注》卷五）

吴伟业（1609—1672）

明末清初诗人。字骏公，号梅村、鹿樵生，江苏太仓人。明崇祯四年（1631）进士。入清后，官至国子祭酒。工诗文，号为"梅村体"。善词曲，亦精书画，与钱谦益、龚鼎孳并称"江左三大家"。有《梅村家藏稿》、传奇《秣陵春》、杂剧《临春阁》《通天台》等。

东佘草堂为董得仲作二首

第九峰头云树多，幽人卜筑傍岩阿。

乱流几曲随鸥鸟，古木千章带女萝。

花事阑珊无那晚，酒筹历落不妨苛。

阿戎雅欲留髡醉，坐爱春山点翠螺。

广川绝学有春秋，抱膝端居不下楼。

别馆却邻何水部，新衔自署董糟丘。

高阳客至开三径，庐岳僧来共一舟。

十亩之间多胜赏，黄鹂芳草正堪游。

（《安雅堂未刻稿》卷四）

宋琬（1614—1673）

字玉叔，号荔裳，一号无今，山东莱阳人。顺治四年（1647）进士。授四川按察使。位列"燕台七子""清初六家"，与施闰章并称"南施北宋"。著有《安雅堂文集》《二乡亭词》等。

次佘山

双峰入望早，雨过亦生云。春岸船船进，申钟院院闻。

瀹茶同菊淡，斸笋出兰芬。却话陈征士，林居意不群。

（乾隆《青浦县志》）

高不骞（1615—1701）

字槎客，晚号小湖。华亭人。康熙四十四年（1705）授翰林院待诏，是年入京，纂《方舆考略》《月令辑要》《分注御选唐诗》。好学嗜古，长于考据。亦工诗。著有《罗裙草》《傅天集》《商榷集》《松玕书屋集》。

佘山赋

逶迤三峰，嵯峨二岭，爰锡嘉名，曰惟佘山。始则道人结庐，继则将军开径。乃南北以围峦，遂东西而拓境。一线中开，附庸外并。延袤九里，穹窿数仞。既虎视而争雄，复鹰扬而靡定。尔其蜿蜒东指，岩嵮西峙，翠嶂烟封，赤城霞起。因继续而分峰，逐高卑而连理。蔽日月而时亏，兴云雨而不止。至若松号大夫，竹名君子，梅根作冶，杏林成市。垂秋实于桔柚，揽春花于桃李。辟疆则石亘四围，祇树则云连八寺。横台榭于林端，鸣鼓钟于谷里。诚游览而靡穷，历名胜而不已！洎乎渡杯一去，飞锡不来，双龙宛在，二虎空埋。吊月轩之故址，上高座之讲台。酌洗心之清泉，扫白石之莓苔。更有尚书古冢、高士孤坟，松楸不植，马鬣徒存。白鹤不归于华表，黄绢空勒于碑文。独三春之花鸟，与秋月之烟云，空谷雷鸣而菌出，寒岩麝过而香闻。山茗抽其碧叶，玉笋擅其清芬。携丝竹于太傅，醉壶觞于右军。舞白紵于碧玉，泛青翰于鄂君。中流则朝朝箫管，石磴则夜夜清樽。虽斯文之已坠，赋招隐于衡门。聊栖迟于先人之墓，又何愧乎甪里之村？

（乾隆《青浦县志》）

董黄（1617—?）

字律始，号得仲，又号白谷山人，华亭人，或云青浦人。董其昌再从子。少倚伯父，居东佘山，与陈继儒为忘年交。明亡后移居东佘山南麓白石之谷，自称白谷山人，筑东山草堂以奉母，隐而不试。诗文擅名一时。著《白谷山人集》。

过东西两佘山访文在律始偕饮伯氏凤山草堂

书札频相约，兹辰访隐君。高斋长泖近，秋色夕阳分。
青覆淮南桂，晴开谷口云。吾兄鸡黍在，那更惜离群。

（《堪斋诗存》卷三）

顾大申（1620—?）

本名镛，字震雉，号见山，江南华亭人。顺治九年（1652）进士。授工部主事，升郎中，分事夏镇河道。康熙十二年（1673）授洮岷道佥事，卒于任所。善书画。崇祯时在松江与彭宾、王广心、卢元昌建赠言社。建醉白池。著有

《堪斋诗存》《鹤巢诗选》，编有《诗原》《河渠书》。

陪梅村先生游东西两余是日饮陆兰陔舆律始家兄山房

清樽蜡履几人同，江左风流有谢公。

老去山川游欲遍，近来诗律细逾工。

荒岩虎去寒云白，野寺乌啼暝树红。

他日若修高隐传，先生应在九峰中。

（《樗亭诗稿》卷三）

董俞（1627—1689）

字苍水，号樗亭，一号莼乡钓客，华亭人。顺治十七年（1660）举人。与修《江南通志》。晚年卜筑南村。其诗文与兄董含齐名，时称"二董"。著有《樗亭诗稿》《南村渔舍草》《玉凫词》。

游佘山王氏园林诗

别墅新疏筑，名山未寂寥。雨余初见日，风趁晚来潮。

妓赌桴声慢，歌翻筑调娇。刺船寻地主，携手度红桥。

高阁嚣尘远，山容西北遮。浮图呈梵境，顽石望仙家。

栖隐中峰胜，风流异代夸。吾曹穷八索，何必问三花！

（《佘山小志》）

杜登春（1629—1705）

　　字九高，号让水，一号姜翁，太仓人，原籍华亭。曾与夏完淳等组"西南得朋会"。清顺治四年（1647）殓葬夏完淳于松江小昆山。曾纂修《广昌县志》。著有《尺五楼诗集》《尺五楼文集》《童心犯难集》《社事始末》等。

佘山

地自东佘旧，名因处士庐。溪流南垞改，松影北窗虚。

人物追时盛，山川属梦余。不知遗藁内，可有茂陵书。

一径西佘僻，苍然万竹深。云生犹染翠，日午尚含阴。

古殿凭高嶂，闲房转曲岑。同行有支许，从此涤尘襟。

（《横云山人集》卷四）

王鸿绪（1645—1723）

　　初名度心，字季友，号俨斋，又号横云山人，娄县人。康熙十二年（1673）进士。累官至户部尚书。康熙皇帝巡幸松江，在其宅内住数日，并赐御书匾对。才学敏赡，以词翰擅盛名。编著《诗经传说汇纂》及《省方盛典》《明史稿》，所著诗文有《赐金园集》《横云山人诗稿》等。

寻西佘花影庵追悼明施子野绍莘

东佘信逦迤，西佘复深窈。苔磴隐高杉，芦湾背丛条。

子野昔此居，遗迹俨未扫。随宜置轩窗，刻意缮林沼。
爱寻佳士游，兼集佼人僚。遂与清微亭，风格斗分秒。
祝花更吟雪，清词比香草。金谷赏不穷，玉楼竟先兆。
襟韵羡幼舆，年华等叔宝。胜地今虽芜，芳名远终绍。
想当挟飞鸾，气共秋天杳。

（《春融堂集》卷一）

王昶（1724—1806）

字德甫，又字述庵，号兰泉，青浦人。乾隆十九年
（1754）进士。历官至刑部侍郎。好金石考古，编《金石萃
编》。与修《大清一统志》《续三通》《通鉴辑览》等。能
诗歌古文，为"吴中七子"之一，与朱筠称"南王北朱"。
晚年居朱家角镇，建三泖渔庄。撰有《春融堂集》《青浦县
志》《太仓州志》。编《湖海诗传》《明词综》《国朝词
综》。

游佘山诗

又约寻山载碌醁，朝来果放柳边舻。
多情山色披如画，延伫吾徒眼倍青。

一道东风草色薰，翠鬟争挽二佘云。
落花故作胭脂暖，吹上人家蛱蝶裙。

（《佘山小志》）

翁春（1736—1797）

字曙鸠，一字辩堂，号澹王，别号石瓠，华亭人。诗学元人，书宗孙过庭。为人耿介，待母笃孝。著有《赏雨茆屋诗》《钓诗》等。

满江红·佘山

翠滴双尖，多半是、佘山晓色。似两两、绿鬟姊妹，白衣主客。烧笋煎茶寻胜事，剔泉洗谷探灵脉。指晚香亭子更无人，苔荒石。　　看岭树，丛丛碧。望城郭，茫茫白。问徵君诗话，几钱能直。笑杀而今猿鹤侣，屈他车下巢由膝。且不如、满屋写山川，沧洲壁。

（乾隆《青浦县志》）

沈季友（1652—1698）

字客子，号南疑。平湖人。康熙二十六年（1687）副贡生。早年以诗文及制艺为人称道，曾从毛奇龄学诗。著有《学古堂诗集》。

偶忆云间旧游有序

云间佘山园池之胜，有王氏知止山庄，数年前读书郡斋，从宛平锺励暇先生数往游焉，今忆其处，因作一诗。

曾记寻春伴谢公，佘山云锁泖湖东。

一帆浓雨破深碧，十里野风飞乱红。

登阁层岩衔远树，当庭双蕊茁新丛。

难忘幭被楼头夜，兰气蒸暄入梦中。

（《渊雅堂全集》）

王芑孙（1755—1817）

字念丰，号铁夫，又号惕甫，江苏长洲人。乾隆举人，官华亭教谕。工诗善书，诗以五言古体最工，书仿刘墉。选辑有《宋元八家》《碑版广例》，自著有《渊雅堂集》。

摸鱼儿·捣香庵

壬申四月十三日，宿雨初晴，泖上诸峰，浓翠欲滴。少眉载酒约予数人，登细林山绝顶，憩神霄仙馆。少焉，舣舟东佘之麓，缘溪而行，过白石山址，访眉公故居。同舟诸子，各有新诗，余与药房醉吟成调。

捣香庵、放船横泖，满襟都染诗翠。山光泼眼浓如笑，笑我几番沉醉。帆挂矣，掠片片凉花，漾入风漪细。篷窗听水。恰树带茶声，波回橹唱，万绿泻杯底。　　神霄顶，想见飞来剑佩，茅君乘鹤游戏。仙人旧馆依然在，松与碧云无际。修竹里，指断塔斜阳，画出兰峰背。行歌未已。早青没鞋帮，踏莎烟软，扫石看题记。

（《佘山小志》）

改琦（1774—1828或1829）

字伯蕴，号七芗，又号香白，别号玉壶外史，先世西域人，占籍华亭。幼通敏，诗画皆得自天赋。擅长人物、佛像。嘉庆、道光间人物画，以之为最工。1816年所绘《红楼梦图咏》有刻本。著有《玉壶山房集》《玉壶山房词选》。

泖东八忆诗之佘峰耸翠篇

懒客如懒云，自识门外山。方春雨初沐，窈窕明烟鬟。
白石庄久废，断塔日易残。曳杖指荆扉，岚影相与还。

（《佘山小志》）

陆我嵩（1789—1838）

字芳玖，号莱臧，青浦人。道光二年（1822）进士。累官莆田知县、寿宁知县、福州海防同知。著有《嵩浦草堂诗集》《云间人物考》。

佘山行

佘山苍苍海中央，海水卓立云飞扬。嗟尔乘风破浪何至此，冒险谋生可怜死。锥刀之利能几何，性命一掷随风波。孙恩卢循忽相迫，泼水刀光飞霹雳。刳肠截胫恣狂凶，热血淋漓满船赤。就中健儿赵与朱，魁梧状貌与众殊。短兵相持势不敌，可怜竟丧昂藏躯。受伤藏半匿者半，蜷伏盗旁空愤惋。父母妻孥了不闻，片刻之间人鬼判。吾歌且悲还起舞，风涌潮来怒如虎。潮声风声，声声不平。一唱三叹，百感交并。嗟尔乘风破浪何至此，冒险谋生可怜死。

（《清诗纪事》）

王庆勋（1799—1866）

字叔彝，号椒畦，上海人。官严州知府。工诗能书。著有《诒安堂诗馀》《沿波舫词》《庐洲渔唱》《梅嶂樵吟》。

申江棹歌（其一）

麦苗风细雨霏霏，十里佘山土最肥。

谷雨茶芽燕来笋，与郎解渴又充饥。

（《申江棹歌》）

丁宜福（1833—1875）

字时水，一字慈水，奉贤人。同治贡生。工诗赋及入股文。著有《东亭吟稿》《卧游草》《南紫冈草堂诗钞》《沪渎联吟集》《南汇童谣》《浦南白屋诗草》等。

游佘山示杨生殿邦

昨日理轻桨，颠风断江浦。今朝决独往，吹散五更雨。

始知愿力坚，天意亦难阻。迟速皆偶然，捷足又何取。

言寻遂高园，曲溪绕花坞。高阁出峰外，石桥卧洞户。

振衣复登山，上八十丈许。未必所历高，轩轩已霞举。

浅深在自领，高下本无与。

（《小琼海诗初集》卷二）

陈赫（生卒年不详）

字家心，号二赤，吴江黎里人。布衣。喜远游。工行书。著有《小琼海诗集》。

兰笋山

万竹青青中，笋香似兰馥。一经御笔题，光辉湛云谷。

（《续华亭百咏》）

顽仙庐

自署顽仙号，名山此结茅。玉皇如不赴，日日卧云巢。

（《续华亭百咏》）

唐天泰（生卒年不详）

字玉如，华亭人。学问渊博。有《续华亭百咏》，作于清道光十年（1830）。所咏涉及华亭之名臣硕彦之流风余韵，达官之宦迹，寓公之游踪，山陵浜谷，政事、风俗，各以五绝一首咏之。所咏古迹，多半为宋后所增。

为母九十建普照教院钟亭落成纪事

余乃古名山，两峰左右对。中有古兰若，曰聪师初地。

传闻大小青，性慈解妙谛。傍筑虎树亭，虎蜕从师痊。

弹指五百年，历劫就颓废。板兴奉母游，瞻仰生歔欷。

摩挲佛殿钟，文定铭厥字。不槬又不寂，晨夕震聋聩。

所嗟风霜侵，金铁亦易敝。山僧请作亭，蒲牢仗荫庇。
吾母颔其颐，谓女盍从事。五旬功落成，翼然耸如跂。
月影与月轩，次第待布施。佞佛吾未谙，庶以成母志。
愿祝难老身，遐龄申天赐。母曰余老矣，他年尔荐芰。
每食必击钟，宋向氏可记。作诗告子孙，镵碑立厥阓。

（《松江诗钞》卷十）

王钟秀（生卒年不详）

字俊升，青浦人，诸生。有《坐花轩诗草》。

游佘神二峰书所见辛巳三月

两峰春暖多游屐，争赏花晨连月夕。
青骢书鹢醉东风，堕珥遗簪满香陌。
今年三月自泖湖，大舸五六停青娥。
脱衫只勒红绣袜，褰裳不掩莲花靴。
捉刀旋舞光闪烂，纷纷棒拨惊蛇窜。
更番迭进技犹龙，贴地反腰还系腕。
须臾船尾出骰羞，巨觥大斋恣献酬。
不作深闺儿女态，酒酣狼藉方回舟。
昔闻并州李波妹，弯弓逐马无俦对。
更有杨家娘子军，绿沈乱舞梨花碎。
只今平世清烟尘，若属妖蟆殊骇人。
百年父老谁见惯，踪迹须当问水滨。

（《松江诗钞》卷十七）

王士瀛（生卒年不详）

字洁东，号末轩，华亭人，康熙庚午副榜。著《自携草》。

佘山

非雨非晴淡淡天，拖筇直上翠微巅。

闲从野寺搜残碣，倦倚长松漱瀑泉。

白石山头金勒马，紫藤花下木兰船。

可知尽是登临客，不听松风听管弦。

（《松江诗钞》卷十九）

张彙（生卒年不详）

字茹英，号蓉川，华亭人。尚书文敏公封君，诸生，官刑部郎中。

游佘山

澄潭泊画船，高柳系宝马。暖日正迟迟，和风时洒洒。

于赫施公庙，士女纷来假。数钱市瓣香，再拜祈锡嘏。

友朋多逸兴，衣袂笑相把。行行选胜地，拉我东山野。

缅昔陈征君，于此结茅厦。轩冕等桎梏，烟霞供陶写。

书格迈锺王，交章追董贾。影迹闭空林，声名满函夏。

而我钦清风，采苹思奠罇。高斋不可寻，只见寒泉泻。

叹息斯人徂，来者一何寡。振策陟西岭，龙堰颇谽谺。

林深迷东西，径仄逐高下。转径数十武，林中得兰若。

道人见客来，双扉豁然扯。丹垩虽漫漶，窗几殊清泛。

碧藓绣短垣，苍藤蔓古瓦。森森万竿竹，落落千章槚。

幽鸟近人飞，晴翠满衣惹。每岁逼清明，兹山盛游冶。

墨客兼酒徒，邨姑共贵姐。自卯直至酉，杂沓不容踝。

喜此云深处，经旬罕轮轹。何当禅榻上，一寐容吾假。

蒲团百岁僧，童颜似渥赭。不唉罗什针，不结惠远社。

薄粥甘于饴，咸齑美于鲊。握手为子言，人生非苟且。

奈何世间人，鲜有保身者。或恋登徒好，或耽景升雅。

戕伐其元精，奚翅利刃刐。富贵本浮云，功名亦土苴。

得失交相攘，梦寐不少舍。一朝大命倾，口耳渐聋哑。

毕生徒劳劳，至此何如也。我闻老僧言，目瞪口亦哆。

快哉片时游，何殊一棒打。

（《松江诗钞》卷二十）

黄令荀（生卒年不详）

字竹咸，华亭人。康熙辛酉诸生，岁贡。著《竹窗诗草》。

佘山

故国山川续旧游，春风吹我上兰舟。

云开积雨行相待，莺坐高枝语欲留。

古寺松篁余翠色，征君台榭已荒丘。

廿年胜事频搔首，玉笛银筝薄暮稠。

（《松江诗钞》卷二十五）

李东（生卒年不详）

字子才，华亭人。

登佘山叠前韵

攀萝蹑磴到佘巅，嫩列诸岚竞斗妍。

三月莺花归上客，百年风景占顽仙。

人穿竹坞疑无路，径转云根别有天。

馥郁兰芬留齿颊，细参玉版证前缘。

（《松江诗钞》卷三十二）

曹鉴咸（生卒年不详）

字少游，号澹斋，娄县人。与修《金山县志》。平生耽吟咏，力追白居易、陆游。著作甚富，有《香草居诗集》《秋帆集》《读史百咏》《古文杂著》等。

游佘山

不尽寻幽兴，携筇上翠微。山风梳短发，花雨染春衣。

庵废人何在，亭空鸟自飞。徘徊竹边径，云护一僧归。

（《松江诗钞》卷三十四）

赵锡珍（生卒年不详）

字冠时，华亭人。有《舒啸斋稿》。

佘山

泛舟涉佘峰，昨宵新雨沐。丛篁箨初解，翠影蔽岩谷。

澄泉甘以冽，尘心洗一掬。藓径断行踪，松桧含微馥。

征君迹何许，倚石咏蒨轴。幽讨未云疲，斜阳映林麓。

（《松江诗钞》卷三十七）

张汝渊（生卒年不详）

字冠五，上海人。居新场，诸生。

题佘山图

轻匀淡笔写烟霞，婉娈山光碧树遮。

犹记旧游逢谷雨，僧房古鼎试新茶。

（《松江诗钞》卷五十一）

叶本（生卒年不详）

字声黄，号固庵，奉贤人。诸生。早卒。著《南津萃阁集》。

拟游佘山赋（以天朗气清惠风和畅为韵）

春光明媚，春景丰融。挐舟三泖湖边，干山峙北；扶杖九峰麓畔，兰笋标东。问锡名之奚自，罗众说而不同。林下水边，访伊人之杰构；仙庐清室，企逸士之高风。尔乃唤篮舆，停画舫。山腰乍转，听滴沥之红泉；山径初开，辨嶙峋之翠巘。践轻苔于曲隖，石磴逶迤；聆清响于诸天，禅阙幽畅。一痕罗髻，逗云表以澄辉；几点修蛾，罨烟中而如障。若夫登绝顶，缅太清。横云缥缈，天马峥嵘。沽酒人来，微聆山根屐响；卖饧客去，遥闻山市箫声。松影参差，忽讶云房涛泻；衣香续断，徐看石径花明。迢迢蕙圃桑畦，烟光明灭；杳杳琳宫梵宇，竹树纵横。至若山霭犹笼，山云乍霁，盍采纤纤之笋，味美于回；疑搴郁郁之兰，物惟其契。挂长镵而簇簇，非关户外挥锄；劚曲径以丁丁，宛似谷中蓻蕙。禅参玉版，聊同方外之游；夜吮金苞，且乞山灵之惠。是其秉质高寒，托根荟蔚。封薄雪而含葖，闻惊雷而得气。茁冻芽之苯苯，入馔偏宜；耸细蕾以亭亭，成阴犹未。石林细摘，先登香积之厨；竹灶徐烹，雅称伊蒲之味。惟我圣祖仁皇帝之御宇也，化洽九垓，泽周三壤。禹苗尧韭，竞效地灵；未草华平，远占天象。扇厨中之箇，贞符则岳渎腾辉；茁砌下之蓑，上瑞则天乔并朗。竹本东南之美，得仰天颜；兰为王者之香，幸邀属赏。则见夫崇岩崴岁，列巘蜿蜒。解箨则绿云泻影，脱棚亦碧盎澄鲜。若教配入樱厨，定超杏酪蔗浆而上；即使煮成蔬馔，亦在莼羹菰饭之先。偶访山村，纪春三之韵事；更瞻宸翰，临尺五之遥天。乃为之歌曰：东佘峰畔春光和，游人掉臂相婆娑。茂林修竹洵可乐，或坐或立山之阿。同兰陔之胜游兮，譬兰墅之频过。倘翠趾之重经兮，显授简而赓歌。

（《赋海大观》卷一五）

陈廷镛（生卒年不详）

无锡人。

题佘山散樵图

遥望泖上山，九点如烟鬟。佘峰独深秀，昔贤潜其间。

谁云祇拳石？神骨颇不顽。

君今出山去，犹忆故山无。送君无长物，聊以赠此图。

何日故山中，归来共喝于。

（《清诗纪事》）

李伦（生卒年不详）

一名榆，字志良，号笏溪生，江苏娄县人。

题董文敏画卷

青山叠叠水溶溶，远树微茫近树浓。

曾在东佘山下见，并刀亲手剪吴淞。

（《红雪轩稿》卷五）

佘山

岩廊无恙客愁生，忆昔徵君负重名。

杨柳柴门烟未散，桂花庭院月还明。

何须簪绂膺明诏，自有林泉惬胜情。

已向山中称宰相，暮年安得又论兵。

（乾隆《青浦县志》）

范超（生卒年不详）

字同叔，嘉定人。擅长隶书、篆刻，对于医理、绘画亦精通。曾和王士祯之秋柳诗，得为流传，人称范秋柳。著有《淮泾草堂草》。

佘山道中

一径行山里，人家住翠微。莺啼时到竹，花湿乱沾衣。
岭断钟分寺，烟深石掩扉。不知春已晚，到此欲忘归。

（乾隆《青浦县志》）

黄朱芾（生卒年不详）

字奕藻，青浦人，居崧村。累官广西镇安府知府。撰有《崧村诗稿》《素心集》等。

登佘山

岩磴从兹上，凌虚快早晴。诸峰皆入目，万籁寂无声。
方外红尘隔，云中白鹤清。老僧趺坐久，十载断逢迎。

（乾隆《青浦县志》）

莫之璘（生卒年不详）

字符晖，一字元晖，号陶哉，华亭人，又作金山人、娄县人。诸生，著有《文山堂诗》八卷。

佘山

道人结隐旧山庐，汉代将军赐沐余。

八寺云连双翠黛，四围烟锁一浮屠。

春来花鸟催游屐，秋老松萝伴索居。

玉笋香茶风味美，徵君台榭几踌躇。

（乾隆《青浦县志》）

吕樾（生卒年不详）

字开藩，青浦人。官陕西盩厔县知县。著有《环溪诗集》。

二、书影留印

佘山詩話卷上

　　　　明　　華亭陳繼儒仲醇著

元旦拜年衣冠逐逐大是可憎不知起於何時文衡山
先生一絕真可撫掌也云不求見面惟道謁名刺朝
來滿敝廬我亦隨人投數紙世情嫌簡不嫌虛
瞿公鑒曾自製對聯云靜亦靜動亦靜五臟剋消夫慾
火榮亦忍辱亦忍辱平生不履于危機常熟嚴公訥輔
政時封公尚在其門聯云堂上雙親壽朝中一品家
申公時行解相印歸其堂聯云無毀無譽三代直道

〔明〕陈继儒《佘山诗话》书影

〔清〕《学海类编》版

上海圣心报馆编《佘山圣母记》书影

（1914 年，佘山圣母大堂印行）

于小莲编绘《佘山指南》书影
（1936年，偷闲编纂社印行）

张叔通、张琢成编著
《佘山小志》书影
（1937年，峰泖编纂社印行）

张天松编著《佘山导游》书影（1947年，南京出版社印行）

江庸《佘山三日记》书影（1950年）

九峰三泖图（〔清〕《天下名山图》）

兰笋山图（清·乾隆《青浦县志》）

兰笋山图（清·光绪《青浦县志》）

兰笋山图（清·嘉庆《松江府志》）

大陆之景物——松江佘山

（1910 年，《图画日报》）

佘山地图

（1914 年，上海圣心报馆编
《佘山圣母记》）

《东方杂志》书影

（1934 年第 31 卷 14 期，

周莲轩摄佘山）

佘山旅游图（1936 年，于小莲编绘《佘山指南》）

（屋後爲佘西側景縮有天文台臺約可辨）磚公佘路新建東佘市場

张叔通、张琢成编著《佘山小志》书影（1937 年，峰泖编纂社印行）

佘山

（1936 年，《光华附中半月刊》）

徐霞客浙游路线图

（1991年，《徐霞客旅行路线考察图集》）

霞客先生遗像

（1928年，丁文江编《徐霞客游记》）

霞客先生遗像像赞、跋文
（1928年，丁文江编《徐霞客游记》）

霞客先生遗像（2018年，《江南之旅》）

下编

翰墨光影写流年

一、书画存影

董其昌　佘山游境图轴

〔明〕董其昌绘，纸本，墨笔，纵98.4厘米，横41厘米。

题识："丙寅四月，舟行龙华道中，写佘山游境。先一日宿顽仙庐。十有四日识。思翁。"钤"玄宰"印。

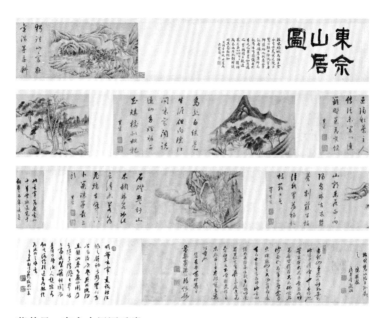

董其昌　东佘山居图手卷

〔明〕董其昌绘，纵 23.6 厘米，横 298.4 厘米。

此卷为江标收藏。四段山水。写陈继儒东佘山幽居景色。

题识：独往山家歇还涉，茅屋斜连隔松叶。主人传语未开门，绕篱野菜飞黄蝶。其昌。

乌丝白练是生涯，但向沧江问米家。闻说远山多妩媚，可知矮树似枇杷。其昌。

山郭幽居正向阳，乔林古木郁苍苍。剡藤百幅谁能置，为扫虬枝蔽日长。董其昌。

石磴盘纡山木稠，林泉如此足清幽。若为飞跷千峰上，卜筑诛茅最上头。其昌。

陈继儒跋：此玄宰为余写山中草堂，欲遍完十翻纸，而纸竟矣。姑付装以贻子孙藏之。陈继儒戊午（1618）重观记。　钤印：白石樵、陈继儒印

钤印：知制诰日讲官、董其昌印

其余题识、印文不录。

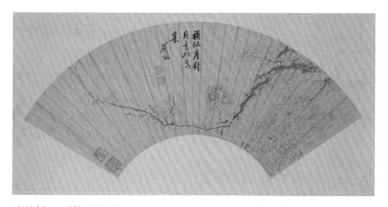

陈继儒　雪梅图扇页

〔明〕陈继儒绘，金笺，设色，纵 16.1 厘米，横 49.9 厘米。

题识："顽仙庐对月写此真景。眉公。"钤　"醇""儒"朱文印二方。

陈继儒　行书"东佘结夏僧"五言诗扇面

〔明〕陈继儒写，纸本行书，纵 19.5 厘米，横 55 厘米。台北故宫博物院藏。

题识：东佘结夏僧。竟日茶声飱。担拐入空山。登山打松子。松子敲来常数百。半杂飞花半空核。活火新泉发异香。相对煮泉兼煮石。咫尺松烟迷不见。但具竹炉无羽扇。明朝更上碧峰头。拾取鹤翎三四片。苍云崫芷二上人。结夏佘山房。打松子供爨。赋以记之。陈继儒。

陈继儒　东佘山居图印章

印章长 1.8 厘米，宽 1.7 厘米，高 4 厘米。

印文：此中崆峒原无物何止容卿数百人。

边款：东佘山居图。麋公。

佚　名　佘山天文台手绘佘山风光图

绘制于 20 世纪初。上海天文博物馆藏。

图中可见当时的天文台左侧建筑并非现在的圣母大教堂。

钱镜塘　松江佘山图

钱镜塘绘。纵 49 厘米，横 99.5 厘米，作于 1962 年。

作品以山水、亭台楼阁为主，远处佘山天文台和教堂隐约可见。

沈迈士　佘山天文台

　　沈迈士绘。纵 148.5 厘米，横 82.5 厘米。中华艺术宫藏。作于 1984 年。

　　作品以青绿为主调，点染桃红，展现了佘山温润优雅的风貌与佘山天文
台的情况。格调清新淡远，用笔疏放不羁，设色雅丽，皴染简练，形式感与
装饰感俱佳。

二、碑帖集珍

本中書家尚丹雪林子賦
蓉埭徐郎十歲耳瓊芽軒已有
蔡霞御飆之興雲林子以世好命之字
日本中渡為抆墨予時在閩中頓
索賦遂并紀一絕
小鳳遜飛碧玉京司亭拒掌共紙之昌成

好讀先天語十二樓頭第六楹
錢史維楨

閒字懋荒老至嵒喜元宗親方行後
遠道在慎吾中露淨當空月香餘隔
戶鳳幽窩無長物琴帙隱高松
余舊友徐均平之子甫十歲父遠征

幽居備家鄰高懷託其穎枕束聆盧籟鉤簾把
清景閒舒餘舞鷗閒眠熟啼烏迴嫻夢松生腹退
處樂閒訝扣戶驚客來桐花落深井傲仰天地
閒消長理自省悠然塵事遠閒矣日初曠竹林
春雨香試焙一甌茗

永豐曾絜

雲間沈虔

凌辭特探挺泳雲栩芎
阿對向遠兰蒸筆三毛
同雨雲鴉末雁自擇
長楊

文朱

于言求白練裳董酒
一薜寒烘灑盡徑芸編
競官亂推床夙心自
快夜不寐　壯志未甘

蚤起聯句
吹老兼葭一尾歂霜先
篝燈晤語雜寒䆫先
生坐擁青綾被　孺

出往歌角邏聲思戰
伐　聑璪生響憶道
踥旋驚燭友一寸許
　不道日高三丈徐

宵豎降吹紫團參盧
脈酤　遇黄矮菜
韮洋源鳽隣鼾懷或
時寮　對榻歡噪發

卷鑣白戟　輔寇　眉分曲
局宛清揚高歌趑跛
悍之立在突舞行持
伯也偕力歌狀採鵬

敢復喻恒同洪物　陵聊
須畏罡著元梁庶雀
梦醒哄堂吳　福　鸎麦
唯戒遠戶行手博空

空橫隼擊定儲姜忽
莒春去傷鶗　福　掎巳覺
秋高麦鵬鵾那訐柳
肢隨豪板　享寇　羞疑瓠

翮翾心鷩霹靂鳳　福
悲劊諜雄翡翠霖金
肩　希寇　神胡忙儲鎣玉
肟夜警雞鳴思越石　注

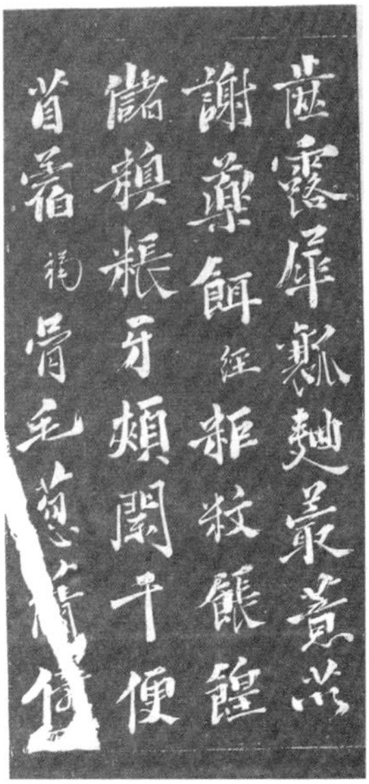

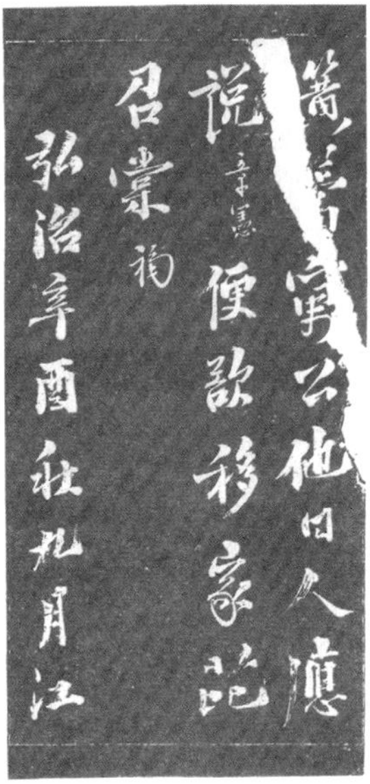

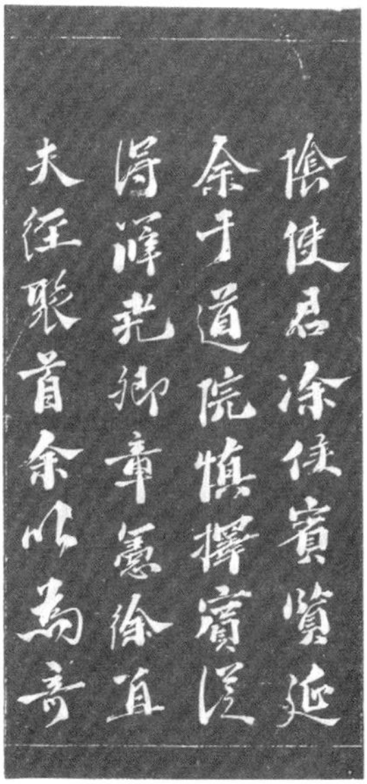

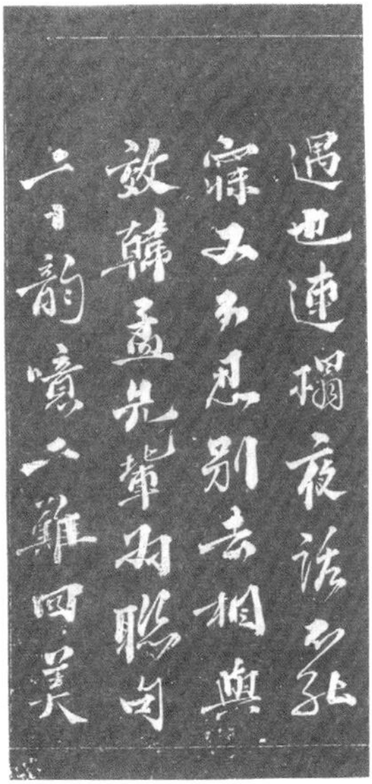

振高風于千載龍
歘躩凌躠浮雲于一
健辭邪所較情或
方俾後之覽者當有

感於斯言
華亭錢福興識

畫江陰徐太君王孺人
八十象
余嘗纂奇男子傳披卷時
忾然古人去古人未遠為悅矣谷

之季王時泰先生携一
囊見訪墨巘雪山長公
先生之山秸道人有霞一霞
山澤間儀石實內腴多

吾翁禄养公捐賓客者
二十年稻母王孀人久支
门户课夕以继日缩入以
待出氏脍酪酒醴涂炭

瞻眺真之誤磊落嵯峨
崎崎迤逦绝子其兰跗
丰镐天下矣意乃远祖
徐君也余叩曰亲在千曰

彼挥架务之高蔓旁施
绿阴障日赖修纬车生
其下去当蕃实累之则
探撷盈崖分纳诸亲族

朴断以及鎡础牛宫之野
莳秄烨渚凛之受成於
以无他好习田归织又
好植藜豆瓮洮跻营绶

山海光咨母命而後出王
孺人曰少而疆孤長而育
志四方男子事也吾為汝
治裝行矣徐君不惜逋

綿延以嘆卯孫卯孫者三
歲脊曰王孺人股割口哺
之十季脩謁父書矣謹
徐君敢絕安揣春遊名

駿極皇六龍之而未嘗過
而問焉者也徐某子不登
仰天嘆曰孝子不登
高不陟深弗涉既云春必在

符不肇侶伴不避虫蛇豺
虎岡奇必探幽必藏
其踏踔輕側之處哇溪
離猱鳥之而以窺稷王八

政身未敢許人也而我許
身將穹崖斷壑之間何益
獨往獨歸解其紫帷冷
雲怪石及記莊詩而已王

者公父文伯退朝、其母方
績文伯請休其母曰洗藥
則里、則蓂人生逸則忘、
啟兔心生男女敘績慾則省

孺人迎峽曰兒妄慈孟織希
小易糈擂豆以佐厄卯
孫洗霧霞誦句讀心挑沙
懌妻母子為渡何求栽者

辟古之割也詩曰嶺藜禮
曰種種后王君公之家且任
蒸情低山長世王孺人種豆艱、
美稃軋此經細小庭雜

其稱有詩禮之遺自公父
文伯母之家風乎徐君朝
夕永惺負衡門之下興
攜人聲喉光俱呼吸相應也

不先嚙指僖洞兒而光生
雲陽此為舍之岳云蔽大
子之始九姑丘棹而置之
夢運之公尾中若在肉翅

未生何待玄家雅馬騄耆控
鶴之為峽裝父必在不遠函
吾河其詛未見夌人之見之
孝子徐昊矣君酷好之異人

黍生與㬱山以詩文沨雄典
罷而不屑調棗貴幅名馬
此時海先生樂為之交而金
怡別之奇男子僊中者也

秋圃晨摘为
徐太灵赋
晨风飒飒吹晓香豆花
一弘秋阴凉露叶垂枝
微烟丝迤逦豆花
时荚随秋籁晨光尔
上纬车移手荷筥筐
撷新荚日高炊缟衫

法朝露红芳罩英垂
篱穿界家阿母凌晨
趁纬车独纺秋阴底
轧轧软声露下鸣茅

孙缕徐契
域内名山游八九仙间常
寻五色芝归来为此
流云涯

重没地蒙去名公歟文
靖王文端的忠安茶文莊
華皆承挽銘諫語云云
美大書深刻傳楷海內

大江之南以群板不朽光
淀者銘徐氏風之也而傳
而昌豫養隆夫及仲子和
祖涣然惟作東中之事以高標

好義稱知祖之母王孫人以十
倅遠春將歸隆君之藏側
匄五百里清于銘于不
殼投壯豫養之名有勉

旦安贈光禄永紫石公之第
三子十九羅父老与伯季六人
以射霞法析產公一再浮正室
乃穿諒於伯兄而自安東佛之

噴出皂衬家已中藤与王孫人
拮据俯息竟渡舊观因亭
松木之樂甚意曲或勤之以贤
為郎栎不顾㐲墓曰性善蕭散

而盡敵冠昏徽逐之交曰泰中
延楊周卿矣司谏皆周覩相
善時訪公公园园逈以疚辞云
無所报謝云程玫如此中年傷

丝不良於行晚而為盗所苦床
作草不規偕治年六十公有三子
伯仲皆王孫人出而孫人崇5
仲子孙祖居仲子好遠遊所

玉心探逾窮縢傾其獨行山欲
崎之士然為結束行裝則有
慇慇趨赵之色孫人寨其意慰
云曰善韦健善飯兰悖耳男子

生而射四方童游得栗書見
異人正倩不惡毒以我為念乎
仲子益點發而謂拂呂九蔣
以者孺人察之地隱夫不事織

畜至驟而馁摧樵拮据修真舁
靡非諫室之獲已包治宅之游
孺人罣衛葉室含無盛堂虞
季子和禔生孺人宇之不育出

入腹隨夫畢先一月謂孺人季
君孽也蓋授童勿得視育以
孺人不以為治命葦田廣鼎
分之三甲子歲稅米斗百錢孺人

命仲子生栗以活餓夫歲再十
石仲子念孺人所居漱隘以改
作鴆材失孺人閟墓碑立風雨
中撤使甃石垣焉又辦孳田

郎十館倡族人享祀歲有所感
憤同家孫笑之書閥張氏入門
見吾家無長物昌壽風則壹
見蒸人影紡績則又喜悅而計

當無悲泣果然其處怅脈善識
大體學士大夫而雜也孫人昌寫
孫以璧床列愛庠孫人蒙同
仲子之子郊孫鼎之曰民生於勤

郎君自拭藤床茶人自進若
候益大喜賣怎所自事惘惘而
瘋藏於背俄頃賣尺鹽五毫瘋
非憤極不成非善極不發今發矣

勤則不匱今里嫗之織者無所
而吾家特以精好閱紫牲苣矣艱
山人沒吾晨機秋圓圓名公題詠
殘編吾先君犯祖述一集山玉青樹

坪怠心動惕而孺人苺疾自此作
惕下絕粒不出戶孺人八十君微作志
待葬文以佐祝禱迨乙丑自春及秋
侍湯藥衣不廢寢食以身殉孺人

笃耄之曰善為死孝君没而父已
晚矣彌留之際神識超然令妻壽母
不已且主持喪夫隕吳不喜冠當交而
儒人成其仲子為撰奇之士為林下

風此如茱婦鴻妻雅稱偕隱而以傳
矣生平姻婭之詳具狀中銘曰
布衣之豪動九閭家聲不泯餘
仍孫市交意滿随朝昏衆車

戴笠氣一吞夫耕婦織素業
敢不為皐門為鹿門幽人坦坦真志
容龍蛇既厄孤鳳寡善作善貽
穀繁家慈資倫合道言風雨如

晦雲雷屯半榮半瘁同一根中分
泠合干將村管彫斲□照墓門
賜進士出身資政大夫南京禮
部尚書前禮部左侍郎魚翰

林院侍讀學士
實錄纂修副總裁
經筵講官董其昌撰并書

豫巷徐公配王孺人傳
豫巷徐公江陰人徐之先有徽君本中
者
高皇帝命之持蘭喻蜀解官還里鞠粟賑
徽奉
璽書特表門閭其後袁銘誅出魏文靖
王文端胡忠安葉文莊靖公皆當世如

雷如霆之偉人碑版幾照四裔傳二百
年來而有豫巷公祭石先生之第三子
也十九羅父喪兄第六八閩森析之公
待中堂堅護于伯氏而自處束偏之廊
屋愈椽公與配王孺人菱草驅礫始有
店鄰鴈約口始有睿廩其瞻地多怪石
備未為洗別郵署始有園池未幾中盜

避之泺溪騎歸隨河蹶一足杖而後行
以此未嘗一竊賞入門即奏中篜侯司
詼數茚公開驅從傳呼聲匝不見亦不
往報謝曰吾莅為薄不能為通與其為
道不如伙二公有不報之客眼日勃三
五家童具簡與葉擬往來虎丘龍井間
摘新茗斟清泉岸然菊若無人也自負

充直齒斃于牀棗病氣厥病在王嬬人
醫禱百方乃盡其後過季子冶坊橋之
田舍被盜因疾彌留一月前餉謂王
嬬人曰季吾孽业挱挱勿将兩兒嬬人
唯：巳則鼎分田盧者三其平如砥而
獨與仲子弘祖俱仲婦許氏立遺孤卽
孫嬬人哺而教之嘗語子孫云吾初媿

時太翁臨子舍吾挱龍眼于茗椀中翁
不懌曰田晙家何用此為余愧謝謹景
而藏之今兩秋具在可念也嬬人藏少
精好輕翁如蜉蝣市者軷能辦藏之手
種蘿豆秋實粟：日課邵孫諸婢于綠
陰中命曰碧雲籠以藤成束兴榅桃泚
之令曰長命裘好事者就傳以為佳話

性介靜婦女煙視軟語疾如佚數道三
黨有無疵而絕不喜巫覡見覡人等門飆
德矩淡素可師弘山門為萬里五岳
之遊不敢貪酒啜肉非特飯蔬故也初甲
亦令毋氏三十年辛勤物價翔鄙嬬人命
子歲惡粟價翔鄙嬬人命弘祖歲齡數
十石以活餓人日有米中微君故事在

弘祖欲新别館以居孀人孀人搖手曰
不如礱墓碑有徽珉以下之遺像遺文
在人不如更建君山廟碑有宣德時張
公宗璉之祖豆在弘祖應命如響捐賞
成之孀人且曰是皆行豫巷公之竟也嗟
乎人止而不止者石三止而不止者文
孀人布衣婦乃知文章為可貴而弘祖

人能遠卵名公求以不朽其親者顧羨薜
良苦董宗伯七十餘親志其墓而手書
之徐氏自徽君到今尼後先地上地下
之文槩皆不愧郎有道碑矢公得年六
十孀人壽至八十一云
陳子曰余嘗笑陶侃之母挫薦剪髮以
給范逵夏孟宗之母作十二幅被以招

賢士是皆教兒敵名耳弘祖遠遊非宦
非賈非校謁而山水是薜一奇也獨身
而往獨身而歸一奇也弘祖登華山之
青柯坪心動晚抵舍得視孀人湯藥含
歛悲無憾一奇也方以外付之弘祖聽
其膏肓泉石方以內付之亮采亮工兩
文學聽其燮家游者孀人咽蒲而外百

無與焉一奇也役令豫巷公在庚且為
龐德公龐居士堂顧孀人為夏母胸册
乎弘祖之奇孀人成之孀人之奇豫巷
公成之可以傳矣可以傳矣
　　　道宗陳雅鶴識
　　　年家文震孟書

《晴山堂法帖》松江选集

选自薛仲良、吕锡生策划，《晴山堂法帖》出版委员会整理《晴山堂法帖》，上海古籍出版社，1995年12月第1版。内容见前文，从略。

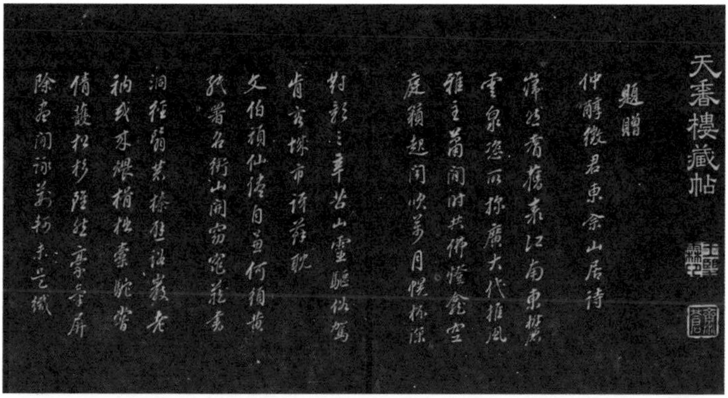

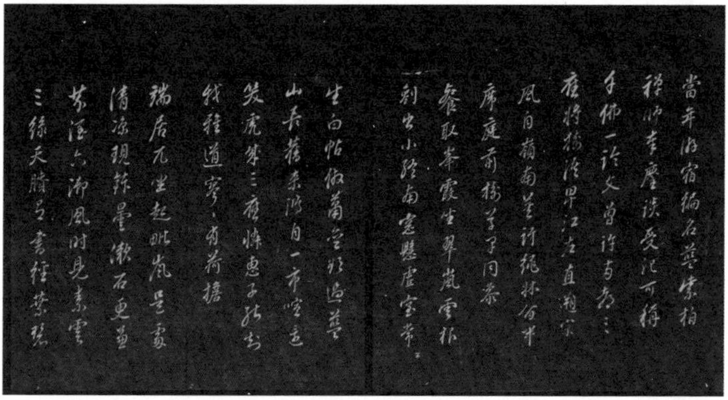

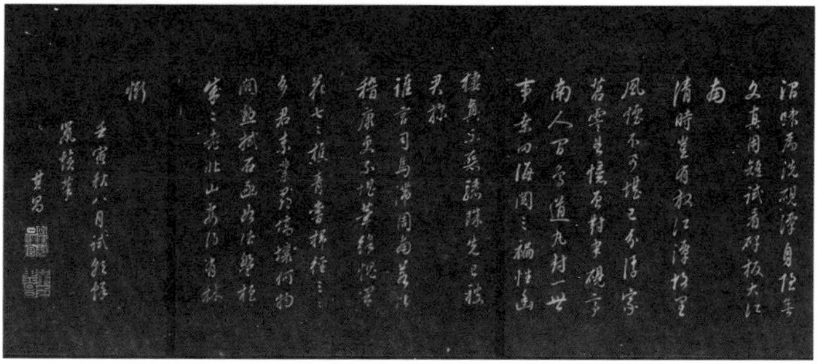

董其昌　行书《赠眉公东佘山居诗三十首》

拓片选自《天香楼藏帖》。纵 30.28厘米，横 169.3厘米。

内容见前文，从略。

三、摄影留痕

1858 年的佘山

1873 年的佘山

1890 年代的佘山

20 世纪初的佘山（上海天文博物馆藏）

佘山度假区供稿

佘山度假区供稿

佘山度假区供稿

佘山（居拯 摄）

佘山日出（许克照 摄）

沪上之巅（朱勇军 摄）

佘山徐霞客像（杨屹 摄）

民国时期的眉公钓鱼矶

清末民初的秀道者塔

秀道者塔（"人文松江"微信公众号）

早期佘山天文台（上海天文博物馆藏）

佘山天文台主楼建造（上海天文博物馆藏）

佘山天文台圆顶安装（上海天文博物馆藏）

参考书目

1．〔明〕徐弘祖：《徐霞客游记》，褚绍唐、吴应寿整理，上海古籍出版社，2007年。

2．〔明〕徐弘祖：《徐霞客游记》，吕锡生点校，广陵书社，2009年。

3．朱惠荣、李兴和译注：《徐霞客游记（一）》，中华书局，2021年。

4．郑祖安、蒋明宏主编：《徐霞客与山水文化》，上海文化出版社，1994年。

5．周宁霞：《徐霞客论稿》，上海古籍出版社，2004年。

6．朱钧侃、潘凤英、顾永芝：《徐霞客评传（上）》，匡亚明主编，南京大学出版社，2011年。

7．朱钧侃、潘凤英、顾永芝：《徐霞客评传（下）》，匡亚明主编，南京大学出版社，2011年。

8．吕锡生、薛仲良：《晴山堂法帖》，中央文献出版社，2006年。

9．华东师范大学地理系：《徐霞客旅行路线考察图集》，褚绍唐主编，中国地图出版社，1991年。

10．徐林：《明代中晚期江南士人社会交往研究》，上海古籍出版社，2006年。

后 记

"江山留胜迹，我辈复登临。"沿着400年前徐霞客走过的足迹，我们力图通过《霞踪客影四百年》这样一本书，来纪念一个伟人。

"山不在高，有仙则名。"我们力图通过《霞踪客影四百年》这样一本书，借助从历史中打捞出来的一篇篇文章、一首首诗歌、一帧帧图片来漫游一座山和一座城的史脉与文脉，去追寻背后的那些故事，唤起一段记忆。

"求木之长者，必固其根本；欲流之远者，必浚其泉源。"党的二十大报告指出，"我们必须坚定历史自信、文化自信，坚持古为今用、推陈出新"，唯其如此，才能在新时代真正构建起中国话语和中国叙事体系，讲好中国故事、传播好中国声音，展现可信、可爱、可敬的中国形象。《霞踪客影四百年》这样一本书，不仅是我们学习贯彻习近平文化思想，讲好松江故事、上海故事、江南故事、中国故事的一次有益尝试，也是我们着眼于推动中华优秀传统文化创造性转化和创新性发展，赓续中华文脉，全力打造文化自信自强上海样本，建设习近平文化思想最佳实践地的一次创新实践。

《霞踪客影四百年》一书由上海佘山国家旅游度假区松江管委会创意发起并组织撰写。在书稿编写的过程中，得到了上海市松江区人文松江创作研究院、上海市松江区史志办工会委员会、上海市松江区档案局（馆）等多个单位、部门的关心和支持，在此一并致以诚挚的谢意！

另外，需要说明的是，由于书籍定位为通俗读物，力求平易浅近，所以书稿撰写、编纂过程中借鉴吸收了众多前辈、专家的研究成果，参考书目统一标出，文中不再一一具名，在此诚挚表达敬意、歉意和谢意。此外，书中部分文章、图片来自老旧图书或网络，但因年代久远，无法与作者取得联系，特此致歉。书中如有相关内容侵权，请作者联系我们或出版社，我们将在书籍再版时加以修订并给付稿酬。

由于书稿编写时间仓促，作者学识水平有限，难免有错漏不当之处，敬请读者朋友批评指正。

编者

2024年2月20日